集韻校本

國家古籍整理出版專項經費資助項目

上海辭書出版社

目録

序

《集韻》是宋代繼《廣韻》之後的又一部大型官修韻書。根據卷首《韻例》，它在收字、注音、釋義各個方面都盡量要求完備，這和陸法言《切韻》以來的韻書「論南北是非，古今通塞」「捃選精切，除削疏緩」的旨趣有所不同。正因爲如此，有人認爲它是一個「大雜燴」，用途不大。其實這部書收字三萬以上，大大超過了《廣韻》；收録字的讀音也比《廣韻》多，有的字的讀音多達十個以上；字義的解釋也比較豐富，收録的義項不少。這部書除了音韻學上的價值外，在文字學和訓詁學方面也有重要的作用。只要運用得當，它對研究古音，探索詞義，考察字形結構都有很大的好處。除此以外，《集韻》注音將切語的類隔切改爲音和切，每個韻内部的小韻按照聲母的發音部位和發音方法類聚在一起，開宋代韻書革命的先河，也是值得注意的。

根據文獻記載，《集韻》由丁度、李淑與宋祁、鄭戩、王洙、賈昌朝等同定，在編纂中丁度起了重要的作用，因此一些公私書目只著録丁度的名字。書成於宋仁宗寶元二年（一〇三九）九月，慶曆三年（一〇四三）八月十七日雕成。兩宋時期各地陸續有一些刻本。從元朝到明朝四百年間，這部書没有重刻過，宋代的刻本也漸漸稀少，到了明末清初，見過這部書的人已經不多，博學多聞如顧炎武，也因爲没有看到而認爲它已經亡佚。

康熙年間，朱彝尊從汲古閣毛扆處借得一部影宋鈔本，交給曹寅鏤版印行，以廣流傳。康熙四十五年（一七〇六）在揚州刻成，就是通常所説的曹楝亭本，簡稱「曹本」。《集韻》又有了刻本在世上傳播。嘉慶十九年（一八一四）顧廣圻重修本，光緒二年（一八七六）姚覲元「姚刻三種」本都是用它作底本的。

《集韻》是一部官修書，官修書粗疏之處表現得非常明顯，錯譌的地方不少。姚覲元説「《集韻》觸處皆誤」，不是誇張之辭。曹寅刻書的時候，按照自己所定的統一格式重新編排抄寫，又出現一些新的錯譌。正如姚覲元所評論，這個本子「版刻精工，而校讎未善，識者之所弗取」。

早在宋朝，《集韻》編纂的同時，司馬光等人修纂《類篇》，就已經發現《集韻》的錯譌，並有所糾正。到了清代，由於有了刻本，見到《集韻》的人多了起來，人們發現這個本子的一些錯譌，對它進行校理，段玉裁、王念孫等學者都有過整理這部書的打算，但是由於種種原因，都没有成功。除了段玉裁有校本流傳外，他們對《集韻》的見解，散見於他們的著作中。

清代校理《集韻》的學者不少，如余蕭客、汪道謙、吴騫、許克勤、韓泰華、陳鱣、鈕樹玉、汪遠孫、嚴杰、陳慶鏞、許翰、董文焕、湯裕、周壽昌、馬釗、丁士涵、衛天鵬、顧廣圻、吕賢基、凌曙、黄彭年等，他們大多數是用當時能够看到的汲古閣影宋本來校《集韻》的，也有用傳世典籍校《集韻》的，這些校本藏在國内的一些圖書館中，已經屬於善本書了。

方成珪的《集韻考正》是清道光年間寫成的，後來由孫詒讓編入《永嘉叢書》。這部書對《集韻》作了全面的整理，用功最勤。書中用的宋本不是原書，而是傳抄本，還僅是部分引用，此外還用了汪遠孫、嚴杰、陳慶鏞的校語。雖然他没有更多地利用宋本，但是所得的結論，卻和宋本相合，這是難能可貴的。但是他引用的嚴杰校語有的是段玉裁的，可能嚴杰過録段校没有標明，所以出現這個誤會。不管怎麽説，這是今天能够利用的整理《集韻》的好本子。

陸心源也曾經用汲古閣影宋鈔本校《集韻》，寫了一些校語，書名《校集韻》，在他的《潛園總集》中。

以上是兩部刊印出的研究《集韻》的著作。

清朝同治年間，常熟龐鴻文、鴻書兄弟曾經從同鄉翁同龢家中借得南宋明州刻本《集韻》，用它和曹本對校，作了校記。這是開始利用了南宋明州本《集韻》來校曹本。光緒年間朱一新邀約黄國瑾、濮子潼、錢振常和他的兒子錢恂等人也用明州本校曹本，世間還有明州本《集韻》才爲人知曉。

姚覲元的《集韻校正會編》，利用了明州本和汲古閣影宋鈔本，並録有余蕭客、段玉裁、鈕樹玉、韓泰華、吕賢基等人的校語，應該是晚清整理《集韻》的重要著作，但是存書不到四卷，而且僅是稿本。

清末錢恂對《集韻》也下過一番功夫。他除了參加用明州本《集韻》校曹本外，還作了其他一些工作。日本早稻田大學藏有他校《集韻》的三種本子：一種是前面提到的朱一新等五人的校本，另一種是他過録的余蕭客、韓泰華校語和自己校明州本的校記，再有就是將各種字書材料過録在《集韻》上的一個本子。其中五家校本更接近原校本，最爲寶貴。

以前要看到宋本《集韻》，那是一件難事。顧廣圻就因爲明知有一部宋本在揚州某氏家，就是無法看到而發出感嘆。今天我們的條件比前人好得多，所知的三個宋本都已經影印出版：前清内府藏南宋潭州本《集韻》已經編入《古逸叢書》三編，於上世紀末由中華書局影印出版；翁同龢家所藏南宋明州本《集韻》已經編入《常熟翁氏世藏古籍善本叢書》，一九九三年由文物出版社影印出版；最難見到藏於日本宫内廳的南宋淳熙金州刻本《集韻》，也於二〇〇一年編入《日本宫内廳書陵部藏宋元版漢籍影印叢書》出版。各大圖書館庋藏的清人批校本也可以借閲。這在前代是不可想象的。

筆者有心研究這部書是在上個世紀五十年代中期，當時我還是剛上講臺的青年教師，上級號召我們向科學進軍，要大家擬訂科研項目。我心想祖父的《廣韻疏證》已經寫成，我就照他研究的路子，把《集韻》作爲研究對象，定了一個整理《集韻》的科研項目。那時教學任務比較重，除了應付日常的教學，所剩時間非常少。而那個時代，你在教學任務之外去搞科研，還會受到有些人的指責，説你在「搞私貨」，但是我還是堅持下來了。一九六四年起，先是下鄉搞「四清」，回學校後，又參加了學校的「四清運動」，接著就是那個「史無前例的文化大革命」，十幾年的光陰就這樣白白浪費掉了。

整理《集韻》舊事重提是在一九七五年參加《漢語大字典》編纂工作時，工作中接觸到許多有關《集韻》的資料，就留心抄録，幾年下來收集到的資料已經不少。於是利用《漢語大字典》的稿本製作了一套《集韻》的工作底本，將《集韻》分字剪貼在上面，把收集到的資料抄録在相關字頭下，又把方成珪的《考正》和陸心源的《校集韻》也録下來。

一九九〇年，《漢語大字典》編纂工作告一段落，我閑了下來，就和髮妻鄢先覺外出訪書，在北京、上海、杭州、寧波、南京等地的圖書館，由於朋友的幫助，能够看到不少以前没有看到的資料。第二年就開始進行整理工作。採用前人編寫長編的辦法，將資料録入工作本。這裏既有校勘的文字，也有詞語的疏通證明。將近二十年，全部工作基本完成。然後把文字校勘材料匯總到一起，編成這個校本，希望能够爲使用《集韻》的讀者提供一個可以利用的本子。

校本以嘉慶十九年顧廣圻重修本爲底本，因爲這個本子在曹本的基礎上對一些錯譌有所改正，上世紀末中國書店又曾經影印過，流傳較廣，容易得到。將文字的衍譌缺倒注在有關字的當頁書眉上，并按韻標號，校記附在全書之末。

整理《集韻》是一項非常繁重的工作，論自己的學識和功力，還不敢説就做得很好，對清人的校語還有一些無緣看到，但是既然已經寫成，還是想將它公諸於世，希望得到讀者的批評指正。

趙振鐸

二〇一二年五月

凡例

一、本書以清嘉慶十九年顧廣圻重修本《集韻》爲底本，據上海圖書館藏南宋明州刻本、日本宮內省圖書寮藏南宋淳熙十四年金州刻本、北京圖書館藏南宋潭州刻本、浙江寧波天一閣藏清初毛氏汲古閣影宋鈔本、上海圖書館藏錢氏述古堂影宋鈔本讎校，以訂正顧氏重修本之誤。

二、校記依據顧氏重修本而作，每頁有校語者皆分別標明數字，讀者可就原書頁次依數字查檢校記。凡顧氏重修本文字確知爲錯字或校本文字足資借鑒者，即於字旁標出數字，別記正字或可參看之字於書上。衍文則用「」號標出，於書上注明所衍之字，並加「」號以別之。其有脱奪宜補者，即於脱奪處以╲號識之，並記當補之字於書上，下加╲號。文字顛倒有當乙者，則於書上注出所改正之字，並加∽號。

三、不屬於文字衍、譌、缺、倒，而係文字異同，或其他需説明者，則僅出校記，不在書上注出相關內容。

四、書中引用版本除始見處外悉用省稱。清嘉慶十九年顧廣圻重修本簡稱顧氏重修本。上海圖書館藏南宋明州刻本簡稱明州本。日本宮內省圖書寮藏南宋淳熙十四年金州刻本，缺第一卷，簡稱金州本。清初毛氏汲古閣影宋鈔本簡稱毛鈔。錢氏述古堂影宋鈔本稱錢鈔。

五、書中間或引用曹楝亭五種本《集韻》，簡稱曹本。

六、清人校理《集韻》，已成書者，方成珪《集韻考正》，在《永嘉叢書》中，簡稱方校；陸心源《校集韻》，在《潛園總集》中，簡稱陸校。

七、公私圖書館藏清人批校《集韻》爲數不少，曾寓目者亦多家，引用時除始見處外悉用簡稱。首都圖書館藏姚

覲元《集韻校正會編》，僅存不到四卷，簡稱姚校。陳鱣、李貽德合校本，依次簡稱陳校、李校。顧廣圻校本簡稱顧校。上海圖書館藏吴騫、丁士涵、許克勤校本，依次簡稱吴校、丁校、許校。莫友芝校本録有鈕樹玉、黄彭年、吕賢基諸家校語，除黄彭年全録姓名外，其餘則簡稱莫校、鈕校、吕校。南京圖書館藏清人王秉恩過録朱一新、黄國瑾、濮子潼、錢振常、錢恂校本，除錢振常外，其餘四人簡稱朱校、黄校、濮校、錢校，該書中尚有衛天鵬校語，簡稱作衛校。復旦大學藏余蕭客、汪道謙、韓泰華、龐鴻文、龐鴻書校《集韻》，簡稱作余校、汪校、韓校，龐氏兄弟分卷校書，則於每卷首見時注明。

八、段玉裁校《集韻》，傳抄本極多，簡稱段校。

九、馬釗《集韻校勘記》，復旦大學圖書館、南京圖書館、浙江大學圖書館均有鈔本，復旦大學藏清末鈔本《集韻》上有馬釗校語若干，超出前《校勘記》不少，今一併收録，統稱馬校。

十、浙江大學圖書館有孫詒讓玉海樓藏《集韻》校本一種，朱墨批語極多，曩歲曾以爲孫氏校本。後聞雪克教授言，此爲方成珪家舊物。雪克教授是研究孫詒讓專家，所言當可信。今所引用，統稱某氏校。

[一]韻
[二]一百户
[三]世
[四]著
[五]缺
[六]禅

集韻卷之一[一]

翰林學士兼侍讀學士朝請大夫尚書吏部郎中知制誥判秘閣兼判太常禮院群牧使上柱國濟陽郡開國侯食邑一千二百户[二]賜紫金魚袋臣丁度等奉

敕修定

韻例

昔唐虞君臣賡載作歌商周之代頌雅參列則聲韻經見此焉爲始後世[三]屬文之士比音擇字類別部居乃有四聲若周研李登呂靜沈約之流皆有編著[四]近世小學寖廢六書亡缺[五]臨文用字不給所求隋陸法言唐李舟孫愐各加裒撰以禪[六]其闕先帝時令陳彭年丘雍因法言韻就爲刊益景祐四年太常博士直史館宋祁太常丞直史館鄭戩建言彭年雍所定多用舊文繁略失當因詔[七]祁戩與國子監直講賈昌朝王洙同加脩定刑部郎中知制誥丁度禮部員外郎知制誥李淑爲之典領令

〔八〕撰

〔一〇〕粹

所撰〔八〕集務從該廣經史諸子及小學書更相參定凡字訓悉本〔九〕許慎說文慎所不載則引它書爲解凡古文見經史諸書可辨識者取之不然則否凡經典字有數讀先儒傳授各欲名家今竝論著以粹〔一〇〕羣說凡通用韻中同音再出者既爲冗長止見一音凡經史用字類多假借今字各著義則假借難同故但言通作某凡舊韻字有別

體悉入子注使奇文異畫湮晦難尋今先標本字餘皆竝出啓卷求義爛然易曉凡字有形義竝同轉寫或異如坪垩旮吅心小水氵之類今但注曰或書作某字凡一字之左舊注兼載它切既不該盡徒釀細文況字各有訓不煩悉箸凡姓望之出舊皆廣陳名系既乖字訓復類譜牒今之所書但曰某姓惟不顯者則略著其人凡字

〔一二〕籀

有成文相因不釋者今但曰闕以示傳疑凡流俗用字附意生文既無可取徒亂真僞今於正文之左直釋曰俗作某非是凡字之翻切舊以武代某以亡代茫謂之類隔今皆用本字述夫宮羽清重篆籒後先總括包并種別彙聯列十二凡著于篇端云字五万三千五百二十五新增二万七千三百三十一字分十卷詔名曰集韻

〔三〕微

〔一〕雨

〔三〕辭

〔一〕平聲一

〔二〕東第一 都籠切 獨用　冬第二 都宗切 與鍾通

鍾第三 諸容切　江第四 古雙切 獨用

支第五 章移切 與脂之通　〔三〕脂第六 蒸夷切

之第七 眞而切　微第八 無非切 獨用

魚第九 牛居切 獨用

一〇東 都籠切 許愼說文動也从木官溥說从日在木中一曰春方也又姓文二十五　涷 說文水出發鳩山入於河爾雅暴雨謂之涷郭璞曰今江東呼夏月暴雨爲涷雨引楚辭使涷雨兮灑塵

〔五〕曰
〔六〕儚
〔七〕上
〔九〕「鍊方言䡔軟趙魏之間曰鍊鏅」
〔一〇〕吳
〔一一〕鬆
〔一三〕達
〔一四〕丁父

一曰瀧凍沾漬凍凌也蕫蕫風艸名嶺南平澤有之莖高三二尺先春而生⿱東䖵
蛞螶科斗通作東蝀爾雅螮蝀蝀虹也鰊魚名似鯉鶇鶇鶝鳥名美〔四〕形皃一曰鵷
名或書作⿱自東䍶⿰犭東山海經泰戲之山有獸狀如羊一角一目目在耳後其名〔五〕䍶或〔六〕从人犬倲
倲儱倲劣也或作倲徚倲然行皃崠山名一曰山脊埬山埬地名⿰食東
〔七〕東郡館名⿰鬼東鬼名一曰醜皃鍊〔八〕方言䡔軟〔九〕趙魏之間曰鍊鏅⿸疒東〔一〇〕具俗謂惡氣所
傷爲⿸疒東病⿰田東地名⿰鼓東⿰鼓東⿰鼓東鼓聲⿰馬東〔一二〕馬名⿱髟東⿱髟東鬆〔一一〕髮皃娻國名⿰忄東
愚皃○通他東切說文遠〔一三〕也亦州名又姓文二十五熥以火煖物樋木名蓪
藥名博雅附〔一四〕支蓪艸⿱竹通竹名俑說文痛也侗說文大皃引詩神罔時侗一曰侗未

〔一五〕訓
〔一七〕跡
〔一九〕壷
〔二〇〕皀辛
〔二一〕敀

成器之人恫痌⿱同心說文痛也一曰呻吟或作痌⿱同心曈曈曨日欲明狪
狪⿰豸同獸名山海經泰〔一五〕山有獸狀如豚而有珠其鳴自呼或从犬从豸潼水名⿸戶同
舍嚮通水聲⿰足同走皃桐〔一六〕輕脫皃通作通絧緩而直通皃⿰革東鼓聲
遠聞⿰巾通⿰巾同⿰巾通裙夷服也或从同畽町畽〔一七〕鹿迹⿰女通女字〔一八〕○同徒東切說
文合會也亦州名〔二〇〕文七十二童童〔一九〕說文男有罪〔二一〕曰奴奴曰童女曰妾一曰山無艸木曰童又
姓籒文童中與竊中同从廿僮說文未冠也詩〔二二〕譐僮僮竦敬〔二三〕也勭成人也侗
倥侗童蒙也曈眮曈曨日欲出或作眮朣朣朧月初出膧肥皃瞳
目瞳子眮吳楚謂瞋目顧視曰眮哃哃嘈大言銅說文赤金也峒

〔二四〕孰
〔二五〕熱

崆峒山名 硐 硧 博雅磨也或从甬 𤮐 博雅𤮐瓬也 𤭢 𤭛 𤭛瓬小牡瓦也
或从同 桐 木名說文榮也又姓古書作梟 橦 木名華可作布 絧 布名 罿
捕鳥罔〔二四〕 𦨴 艟 博雅舟也或作艟 筒 竹名 筩 說文斷竹也 穜 先種
後熟〔二五〕爲穜 董 艸名爾雅蘱蒚董郭璞曰似蒲而細 洞 洪洞縣名在晉州一曰洚洞水無涯
皃 潼 說文水出廣漢梓潼北界南入墊江 烔 爞 燑 博雅烔熱〔二六〕也或作爞燑 㢈
舍響 𡧛 通也 衕 通街〔二七〕也 𨛱 鄉名 𨞗 地名又姓 鮦 鱦 魚名爾雅
鰹大鮦或从童 𪇆 鸏〔二八〕𪇆水鳥黃喙長尺餘南人以爲酒器 狪 狪 𧳭 野彘或从犬从
豸 犝 犝 說文無角牛也或从同通作童 𦏁 羫 無角羊或从同通作童 𩍤

〔二七〕𪔏
〔二九〕譀
〔三〇〕戙
〔三二〕𪎊

共音工

𩋠 車被具飾或从同 〔二七〕𪔏 鼕 鼓聲或从冬 湩 幢 湩容車幨帷也或从巾
酮 埤〔二八〕倉馬酪也一曰酢也 挏 推復引也 獞 犬名 𢏳 象弭謂之𢏳 憧
憧憧往來不絶皃徐邈讀 毭 氄毭毛皃 詷 說文共也一曰譀〔二九〕也引周書在夏后之詷 戙〔三〇〕
舟纜所繫曰戙 𡾰 𡾰𡿪山皃 稠 禾盛皃 粡 粽也 痌 瘇 創潰也或从童
𧇾 黑虎 黱 黑皃 驡 馬名 ○籠 盧東切說文舉土器也一曰笭也一曰所以
畜鳥文四十二 蘢 艸名說文天蘥也 櫳 說文檻也一曰所以養獸 龔 說文房室
之疏也 𥢤 博雅𥢤穧也一曰禾病〔三一〕 聾 說文無聞也或書作𦗥 嚨〔三三〕 說文喉也
𪚊 大聲也 𩟗 𪎊〔三二〕 餅屬或从麥 靇 靇靇雷聲 曨 曈曨日出 朧

〔三四〕皃　〔三六〕龐　〔三七〕悷　〔三八〕笸　〔三九〕夆　〔四〇〕三十一

朣朧月出 龓 說文兼有也 ⿰革龍 馬被具通作龓 ⿰車龍 方言車轄齊謂之⿰車龍 襱 方言齊魯之間謂之襱關西謂之袴一曰裙也或从同 巃 巃嵸山高皃或書作巄

儱 儱倲劣也 壟 土壟 ⿱龍手 擊也 ⿱龍足 ⿱龍足踨行皃 ⿱龍心 ⿱龍心怱遽皃 ⿰彳龍

谾蝕 說文大長谷也或作谾蝕 瓏 埤倉玲瓏玉聲一曰風聲 礱 說文䃔也天子之桷椓而礱之 ⿱龍瓦 築土以磨穀一曰瓦礱物 瀧 說文雨瀧瀧皃 鸗 鸀鸗鳥 蠪 說文丁螘也一曰蠪蛭如狐九尾虎爪音如小兒〔三六〕食人亦名螭蠪 龐⿰馬龍 充實也詩四牡龐龐或从馬 竉 都竉縣名在漢九眞郡 ⿰忄龍 儱悷多惡也〔三七〕 籠 笸〔三八〕也 鑨 器也

⿰舟龍 舟名 ⿰犭龍 獸名 ⿰扌龍 埋也 ○ 蓬 蒲蒙切說文蒿也〔三九〕 ⿱艹夆 籀省亦州名文三〔四〇〕

〔四一〕艸　〔四二〕篝　〔四四〕鞾　〔四五〕勃　〔四六〕塚　〔四九〕閒　〔五〇〕樀　〔五二〕玉　〔五三〕説

一 芃 說文草盛也引詩芃芃黍苗 篷 ⿱竹夆 ⿰車夆 方言車篝〔四二〕南楚之外謂之篷或省亦作⿰車夆 艂 ⿱竹凡 織竹編箬以覆船〔四三〕或作笎 逢 ⿰言夆 ⿰言逢 ⿱夆革〔四四〕 逢逢鼓聲又姓或作⿰言夆⿰言逢⿱夆革 龐⿰馬龍 充物也或从馬 ⿱髟夆 鬔 字林髼鬆髮亂皃或作鬔 ⿰礻夆 艸名爾雅⿰礻夆困級 熢 熢勃煙鬱皃 逢 逢勃煩鬱也〔四五〕 蜂 ⿰虫逢 倉頡篇螽蜂蟲名或从逢

颫 風皃 菶 茂也詩菶菶萋萋〔四六〕 塳 塚〔四七〕 塵也崔譔作塚 鏠 首著兜鍪也莊子〔四八〕鏠頭 ⿰車夆 車聲 ⿰車亞 車笭〔四九〕皮篋 ⿰木夆 欂〔五〇〕梁上 ⿱夆麥 煮麴也 ⿰女夆 女字 ○

蒙 謨蓬切說文王女也〔五一〕文五十五 冡 說文覆也通作蒙 ⿱冃見 說文突前也徐鍇曰冃重覆也犯而見是突前也 ⿰巾冡 幪 說文蓋衣也一曰下刑墨幪〔五三〕 幪巾也使刑者不得冠

〔五四〕茀　〔五七〕╱皃　〔五九〕皃　〔六〇〕也　〔六一〕籟　〔六二〕鸏　〔六三〕懵

飾或作幪　髳跃　爾雅覭髳跃〔五四〕離也郭璞曰艸〔五五〕木之叢茸翳會或作跃　䰯　馬鬐〔五六〕　霥　說文微雨也或作霥　雺霚霿霧　爾雅天氣下地不應曰雺或作霚霿霧　朦　朦朧月將入〔五七〕　曚　曚曨日未明　朦〔五八〕　方〔五九〕言秦晉之間凡大皃謂之朦一曰豐也　艨　博雅艨艟舟也通作蒙　矇　說文童矇也一曰不〔六〇〕明╲也　饛盜盟　說文盛器滿皃引詩有饛簋飧或作盜盟　𨡧醿　說文籟〔六一〕生衣也或作醿通作蘾　醓醢　醲醯蜀酒也或作醯　鸏〔六二〕　說文水鳥也　罞　爾雅麋罟謂之罞　蠓　方言蠭燕趙之間謂之蠓　擝　收斂也　𦆚　絲亂緒皃　鄸　邑名　𩣡驝　說文驢子也或〔六三〕从蒙　檬　木名黃槐也　尨　尨茸亂皃　蛖　蟲名爾雅蝚蛖螻　懵懜　懵懵無知皃或从夢　蝱

〔六五〕軌　〔六七〕䒗蘖　〔六八〕鞘　〔六九〕鑿　〔七〇〕艷　〔七一〕白　〔七二〕曹　〔七三〕愍　〔七四〕手　〔七五〕╲了　〔七七〕蝱蚣蜻　〔七八〕鑿　〔八〇〕彤　〔八二〕擔

龜〔六六〕兆氣不澤也洪範曰圛曰蟊　瞢　雲瞢澤名荊州李軌說莊　夢〔六七〕　州名說文灌渝博雅留夢孽也　鬔　博雅鬔〔六八〕鬆髯也　氋　氋氃毛皃　鎵　博雅鎵鏵鎵鑿也　䝉　獸似豕目出於胡　曚　浮醭〔七〇〕　艷　醜也　嵘　山名　譢噱　言不明亦从口　隊　自名　鄸〔七三〕　曾邑　懞　殼〔七四〕厚皃〔七五〕　襛　襤襠衣　○檧篵　蘇叢切俗呼小籠為桶檧或作篵文十一〔七六〕　揔　平進物〔七七〕　憽　惺憽悤〔七八〕皃　䁬〔七九〕　素白也　蜙蚣　蟲名爾雅蜙螽蜙蝑或从公亦書作蚣　鬆鬆　髮亂或作鬆　鏓　大鑿〔八〇〕也　潨　水聲　○悤悤　麤叢切說文多遽悤悤也古作悤俗作忿非是文三十　聰聰　說文察也一說耳病晉殷仲堪父患耳聰古作聰　蔥蔥　說文菜也古作蔥　轗　載囚檻車通作蔥　楤　兩檐〔八一〕

〔八三〕也　〔八四〕絹

〔八六〕醓　〔八八〕助

〔九〇〕鵙　〔九二〕鬣

頭銳者　鏓說〔八二〕文鎗鏓也一曰大鑿一曰平木剗　廖說文屋階中會　𡹞山皃　璁說文石之似玉者〔八三〕　繱總說文帛青色一曰輕絹〔八四〕或作總　憁憁恫無知　𨄸躘𨄸

行遽　驄說文馬青白雜毛也　蟌蟲名淮〔八五〕南子水蠆爲蟌一曰蜻〔八七〕蜓　燪熜博雅爟熜炬也一曰熅也或省　𨡀〔八六〕醲謂之𨡀濛〔八八〕或作醲　窻囱牎窗囪通孔也鄭康成曰窻助戶爲明古作囱或作牕窗囪　⿰弓從山海經〔八九〕大荒之南有⿰弓從淵　傯志衆〔九〇〕兇也

𡟲女字　○　〔九一〕㚇翪鵔祖叢切說文斂足也鵲鵙醜其〔九二〕飛也㚇或从羽从鳥文三十九　騣馬鬣也　鬉髮亂　鬆〔九三〕繫髮繻曰頭鬆　豵⿰犭從說文生六月豚一曰一歲豵尚叢聚也或从犬　猣爾雅犬生三猣　鯼魚名石首也出南海頭中有石　蝬

〔九三〕[illegible]

〔九六〕穜

〔九七〕箸沙

〔九八〕艐

〔九九〕蛪蚼

〔一〇〇〕摵

〔一〇一〕視

〔一〇二〕鉏

三蝬蛤屬　蜙說文蜙蝑〔九三〕也一曰似蝑　葼說文青齊沇冀謂木細枝曰葼　⿱竹夋折竹箠

椶椶櫚木名葉似車輪　稯稅說文布八十縷爲稯一曰十筥曰稯籀作稅通作緫緵　⿰彳夋逡行〔九四〕也或从辵　緵爾雅緵罟謂之九罭郭璞曰今百囊罟　緫絲數詩素

絲五總　嵏說文九嵏山在馮〔九五〕翊谷口或書作峻　悛困悛刻賊不通〔九六〕也李頤說　嵸

巃嵸山皃　⿰車夋輪也　⿰石夋石名　埈　⿰耒夋說文種〔九六〕也一曰內其中也一曰〔九七〕不耕而種或从

耒　鬷說文釜屬一曰總也又姓　艐朡說文船著〔九八〕不行爾雅至也一曰三〔九八〕朡國名隸作

艐　蚼蛪〔九九〕蚼蟲名似蟬　揔字統揔摵〔一〇〇〕俗謂之捉頭　睃〔一〇一〕視也　𧝎稯博雅

縱襟襌衣也或作稯　陖國名　稯錐〔一〇二〕也　嫂女字　○　叢徂聰切說〔一〇一〕文聚也俗

作蘩非是文〔一〇四〕十五　纉合絲織也　鬉毛鬆聚生　藂菆䕺說文艸叢生皃或作菆䕺　篵籠篵取魚器　爜火皃　蜙螉蜙蟲名　潨灇潀漎說文小水入大水曰潨詩傳水會也或作灇潀漎　縱〔一〇五〕髻高大皃禮爾無縱縱爾劉昌宗讀　𠤱〔一〇六〕盛米器

○洪𣸣胡公切說文洚水也一曰大也亦姓古作𣸣文四十五　洚水不遵道一曰大水一曰下也　葓葒水艸也或从紅　篊引水也一曰竹木爲束　䊐　粠說文陳臭米一曰赤米或从共　紅說文帛赤白色亦姓　阦〔一〇七〕博雅阦坑也　陸　𨸏從陸山名在益州或作𨸏　硔大礱　硦硦磅石隕聲　鴻鳿說文鴻鵠也大曰鴻小曰鴈亦姓古省　𨾊說文鳥肥大𨾊𨾊也　羾飛聲或書作翃　魟白魟

〔一〇八〕蝐　〔一〇九〕貢　〔一一〇〕烘　〔一一一〕卬　〔一一二〕𥦗　〔一一三〕大

虹蝐說文螮蝀也狀似蟲引明〔一〇九〕月令虹始見籀作蝐〔一〇八〕或書作垂　魚名一曰魚肥　仜說文大腹也一曰朦仜肥大皃　肛肛門腸耑　訌說文讀也引詩蟊賊內訌通作虹　㤨說文戰慄也　𩐌叿𠯫大聲或作叿𠯫　𩘥風聲　鉷埤倉弩牙辟致也　烘　灴字林燎也或从工　玒珙說文玉也或从共　瓨陶器　舼博雅舟也　共共池地名　垬埭也　渱水聲一曰潰渱水沸涌　䞑皮肉腫赤　屸山名　娂妅〔一一〇〕女字或从工　愩憒也　𢂀徽幟類　○灴〔一一三〕呼公切說文尞也引詩卬灴于煁文十五　䛪哅大聲或作哅　〔一一一〕𩘷風聲　〔一一二〕𠒫光色　焢火氣　叿哄呵也一曰叿叿人聲一曰嚨語或作哄　䪦䪦顛頭悶皃　谾谾豅

[二四]稾

澗谷空皃硿石落聲魟魚名似鼊㲘擊空聲䎫耳有聲[口+動]歌○空枯公切說文竅也一曰虛也文二十一箜[扌+箜]箜篌樂器師延作蓋空國之侯所好或从手[艹+空][艹+空]心艸名䅝博[二四]雅秆䅝稭稾也椌器朴埪龕謂之埪硿硿青藥名出會稽一曰石聲控除也[空+攴]㲘擊也或[二五]从殳崆崆巃山高倥倥侗[二六]蒙也悾信也一曰慤也帾袂謂之帾涳說文直流也一曰涳濛細雨䳍鳥名出則爲怪[虫+空]蟲蜙[二七]曰[虫+空][鼓+空]鼓聲窾空也莊子導大窾向秀讀髊尻骨○公㕣沽紅切說文平分也从八从厶八猶背也韓非曰背厶爲公一曰封爵名古作㕣文二十六工𢒄說文巧飾也象人有規榘古从彡功

[二八]鱟

[二九][口+弘]

紡紅說文以勞定國也或作紡紅[工+刂]博雅鉏謂之[工+刂]攻說文擊也一曰治也釭[車+工]博雅鍋鋃釭也謂車轂中鐵或作[車+工]玒玜玉名或从公碽擊聲篢笠名愩悾愩皃疘脫疘下病蚣蟲名廣雅蝍蛆蜈蚣也[艹+公]艸名[公+鳥]鳥名[魚+公]魟[魚+公]魚名似[二八]鱟或从工訌訟言相陷也詩蟊賊內訌鄭康成讀杠杠里地名[口+公]衆口[忄+工]急意○翁[翁+頁]烏公切說文頸毛也或从頁翁一曰老稱又姓文十五[魚+翁]說文魚名螉說文蟲在牛馬皮者鞥吳人謂韉勒曰鞥[二九][木+翁]木名䈵說文竹皃蓊艸名博雅蓊薹也又蓊鬱艸木[三〇]盛皃嗡嗡吼牛聲[犭+翁]豬也[翁+阝]邑名[衤+翁]褸[衤+翁]衣名嵡山名嗡蟲聲鎓鍬也○[山+兌]

〔二一〕禮　〔二二〕煑　〔二四〕狀

五公切崆峗山高皃文三　腢髃肩前也或从骨　○夆樸蒙切㑳夆使也文一　○

豐豊敷馮切說文豆之豐滿者也一曰鄉飲酒禮〔二一〕有豐侯者一曰大也亦姓古作豊文十二

酆說文周文王所都在京兆杜陵西南又姓　灃水名在咸陽　僼闕偓僼仙人名

𡸜山名　麷說文煮〔二二〕麥也鄭衆謂熬麥曰麷或書作[illegible]　寷〔二三〕說文大屋也引易寷其屋

蘴葑方言蘴蕘蕪菁也陳楚之郊謂之蘴或作葑詩采葑采菲徐邈讀　韸鼓聲　靊

靊靀雷師　○風[illegible]凬凮方馮切說文八風也風動蟲生故蟲八日而化一曰諷也

又姓或从雚古〔二四〕作凮風文十二　楓欇說文厚葉弱枝善搖一名欇或从林　猦猦㹱獸名

如猿行逢人即叩頭微擊即死得風還活　偑地名　瘋頭病　[illegible]竹名出南海　[illegible]

地名　諷誦也一曰告也　○馮符風切說文馬行疾也又姓〔二五〕文十六　鄘說文姬姓〔二六〕

之國　汎浮也　芃說文艸盛　艀舟名　渢大聲　丰丰茸艸盛皃　堸

蟲室曰堸　䕏梵風行木上曰䕏或作梵　葻艸偃風皃　縫摓紩衣也或作摓

渢水聲　肌乳也　淜無舟渡曰淜　○瞢矒謨中切說文目不明也从

苜从旬旬目數搖也或作矒文十一　夢艸名說文灌渝也　夢說文不明也　[illegible]

澤名通作夢　儚懜爾雅儚儚惛也一曰慙也或作懜〔二七〕　[illegible]寐言　鄸邑名〔二八〕在曹

艷艷艷醜皃　[illegible]獸名似豕目出於耳　○嵩崇思融切說文中岳嵩高山又姓

古作崇文十七　崧〔二九〕爾雅山大而高崧郭璞曰今中嶽嵩高山蓋依此名　鯎[illegible][illegible]

爵號隼屬或从公从松 娀 說文帝高辛之妃偰母號也引詩有娀方將又姓 菘[艹公]

蘴 菜名或作[艹公]蘴 硹 地名在遼也 [彳戎] 姓也 [虫戎] 蟲名 髶 髶毦毳布一曰

髮細皃 蜙蚣 蜙蝑蟲名或从公亦書作蚣 [酉戎] 酒名 ○ 充 昌嵩切說文長

也高也或曰實也備也文七 珫 珫玉名通作充 㤝 埤倉心動也 [黃充] 博雅黃也

[衣充] 襌衣方言襜褕布而無緣關西謂之[衣充]𧛞 [氵充] [氵充]淙水聲 茺 茺蔚艸名益母也 ○

終[日夂][臾][一三〇][日夂][皋夂]夂 之戎切說文絿絲也一曰盡也又姓古作[日夂]臾[日夂][日夂]隸作夂文二

十七 汷洛 說文水也一曰水名在襄陽亦作洛 潨 厓也一曰小水入大水 螽

螽[虫衆][衆蚰] 說文蝗也或作螽[虫衆][衆蚰] 鼨鼨 說文豹文鼠也或省 [豸衆] 獸名

〔一三一〕椎

〔一三二〕貫

〔一三三〕負

〔一三五〕也

〔一三七〕笱

如豹而角 蔠 艸名爾雅蔠葵蘩露大葉小葉華紫黃色 柊 齊人謂椎為柊〔一三一〕楑一曰木名通

作終 [雨衆] 說文小雨也引明堂月令曰[雨衆]雨 [冬龜] 龜名 [虍冬][虎終]〔一三二〕 虎文赤黑或从終

[冬鳥] 鳥名 [竹終] 戎人呼篋曰[竹終] 衆 艸名〔一三三〕爾雅濼管衆郭璞曰葉圓銳莖毛黑布地冬不

死又姓春秋傳有衆父 [女冬] 博雅[女冬]婞竟也通作終 [犭冬] 犬名 ○ [戎][一三四]戎 而融〔一三四〕

切說文兵也一曰西夷名一曰大也或作戎文十六 [木戎] 木名似櫰 駥 馬高八尺〔一三五〕爾雅絕有

力駥 狨 獸名禺屬其毛柔長可藉通作戎 絨 布細者曰絨 [扌戎]〔一三六〕 爾雅相也博〔一三六〕雅

推也通作戎〔一三七〕 茙 茙葵艸名一曰茙茙厚皃通作戎 [竹戎] 竹笱〔一三七〕謂之[竹戎] 茸 尨〔一三八〕茸

亂皃 襛〔一三八〕[衤戎] 衣厚也或作[衤戎] 氄[毛戎] 耎毳〔一三八〕細毛古作[毛戎] [石戎] 石也 [竹茸] 竹名

〔一四一〕宗
〔一四二〕毋
〔一四三〕中𠁦𠁩
〔一四四〕褻
〔一四六〕揔
〔一四七〕稚

頭有文○崇〔一四一〕 鉏弓切說文嵬高也一曰〔一四二〕充也聚也終也又姓或書作崈文六 從 太高

皃禮爾毋從從爾鄭康成讀 潀 水聲 㓽 字林盉屬 ⿰宗阝 國名通作崇 ⿰飠宗

⿰飠宗饞貪食 ○中〔一四三〕𠁦𠁩 陟隆切說文和也从口从丨上下通亦姓古作𠁦籀作𠁩文六

衷 說文裏褻〔一四四〕衣一曰善也中也 忠 說文敬〔一四五〕也亦州名 ⿱艸中 說文艸也 ○忡

⿰忄蟲 敕中切說文憂也引詩憂心忡忡楚辭作爞文七 沖 沖瀜水深廣皃 盅 器虛

曰盅 ⿱穴中 穿也 笚 竹名 ⿰氵⿱艸中〔一四六〕 上飛也 ○蟲 持中切說文有足謂之蟲李陽

氷曰裸毛羽鱗介之總稱亦姓俗作虫非是文十〔一四七〕 爞 烛 旱灼也或省通作蟲 ⿱蟲鼓 鼓聲

沖 說文涌搖也一曰和也 种 稚也亦姓 痋 病也 ⿰氵⿱艸中 上飛通作沖 盅

〔一五二〕⿱山豐
〔一五六〕⿰舟彡
〔一五七〕商人

說文器虛也引老子道盅而用之通作沖 〔一四八〕⿱艸虫 ⿱艸中 艸名或从中 ⿰忄盅 憂也 ○隆〔一四九〕

良中切說文豐大也一曰物之中高也文廿六〔一五〇〕 癃〔一五一〕 ⿸疒夅 癃 說文罷病也或作⿸疒夅癃 窿〔一五二〕

穹窿天勢通作隆 ⿱山隆 ⿱山隆豐山形 ⿱夅水 漋 高下水也或作漋 ⿱夅鼓〔一五三〕 ⿱隆鼓 鼓音或作

⿱隆鼓 ⿱隆石 硿⿱隆石石落聲 ⿱竹隆 篁也 霳 霳霳〔一五四〕靁師 ⿰虫夅 ⿰虫隆 蟲名或从隆 ⿱夅虫

多也 ○融 ⿰鬲蟲 余中切說文炊氣〔一五五〕上出也一曰和也〔一五五〕方言宋衛荊吳之間謂長曰融又姓籀不

省文七 ⿰火肜 火氣 瀜 沖瀜水深廣皃 ⿰舟彡〔一五六〕 船中也 彤 商〔一五七〕又祭名彤者相尋

不絕意孫炎說李舟从肉 赨 赤蟲〔一五八〕 ○雄 ⿰厷鳥 胡弓切說文鳥父也一曰牡也一曰武稱亦

姓或从鳥文八 熊 ⿰犭能 能 ⿰豸厷 ⿱艸熊 說文獸似豕山居冬蟄亦姓或作⿰犭能能⿰豸厷⿱艸熊 赨

[一五九]形

[一六一]穴

[一六二]涫

[一六三]「焪」

[一六五]⿰身宮⿰身窮

[一六六]⿰革卭

[一六七]也

赤蟲○弓居雄切說文以近窮遠象刑[一五九]古者揮作弓又姓一說角曰弓木曰弧文十三躳
躬說文身也一曰親也或从弓又姓邫山名在彭蠡杛木名躬窮
恭貌或从宂[一六一]宮說文室也一曰五聲之始亦姓⿰月宮腐刑也通作宮⿰虫宮守⿰虫宮蟲名
通作宮[一六二]涫縣名在酒泉⿰礻弓博雅裀袾⿰礻弓裯也⿱艹宮艸名䓖藭也○穹
丘弓切說文窮也爾雅穹蒼蒼天郭璞曰天形穹隆然文十五[一六三]焪⿰火宮曝也燼也或从宮[一六四]悺
㤨⿰忄弓廣雅憂也或作悺⿰忄弓[一六五]⿱艹宮芎鞠說文⿱艹宮藭香艸司馬相如說从弓或作鞠⿰石宮
⿰石穹磬石聲⿰山穹[一六六]⿰山穹⿰山窮山形⿰身宮⿰身宮博雅⿰身宮⿰身宮謹敬也或作⿰身宮⿳竹宮虫方言車枸簍宋魏陳
楚間謂之䉶籠⿰革卭[一六七]䡓軾中○⿱穴殳火宮切說文擊空聲文一○窮竆[一六八]渠弓

[一七〇]蛍

[一七一]戇

[一]⿱冋丌𣅽

[二]名竹苳

切說文極也或作竆文九[一六九]竆說文夏后時諸侯夷羿國藭藥艸說文⿱艹宮藭也⿰身宮
⿰身宮謹敬皃或作⿰身窮⿱山躬⿰山窮⿰山穹⿱山躬山形或从窮⿰犭窮獸名似虎○⿰石有於宮
切石名文二悺憂也○⿰垂隹[一七〇]蛍工切雀也文一○魟[一七一]戇公切海魚名似鼈
文一
二○冬⿱冋丌[一]𣅽都宗切說文四時盡也又姓古作⿱冋丌𣅽文九⿱雨冬雨皃笗
說[二]文艸也陸詞曰苣苳冬生通作冬⿱冬豸獸如豹有角⿱冬鳥鳥名似梟⿰女冬女字○
炵他冬切火盛皃文三⿰忄冬博雅⿰忄冬⿰忄冬懼也⿰冬鳥鳥名○彤蚒徒冬切說
文丹飾也从彡彡其畫也又姓或作蚒文三十三赨⿰赤冬[三]說文赤色也或从冬炵[四]火盛

〔五〕爞　薰　〔六〕熱
〔七〕炙
〔八〕名
〔一三〕渠
〔一四〕已　〔一五〕佟
〔一六〕盧
〔一八〕欁襛襛䢉

皃　爞𧕟〔五〕爾雅爞爞薰也謂旱熱〔六〕薰炙〔七〕人或作𧕟　𢗗博雅𢗗𢗗憂也　佟惶也
帎〔八〕幡也　疼胗博雅痛也或作胗　痋說文動病也　庝〔九〕深屋謂之庝一
曰舍響　𪔵鼕〔一〇〕鼛說文鼓聲也或从冬亦作鼛　𣪍〔一一〕說文擊空聲　鉵
𨰉說文相屬或从蟲　鉖釣也　独〔一二〕博雅刺也　䶰說文龜名　鴤蜼
山海經松果山有鳥名鴤渠〔一三〕狀如山雞黑身赤足可以已〔一四〕暴或从隹　佟〔一五〕姓也　泈汪泈水深
一曰水名　𨚗古國名　𨠔〔一六〕酒醋壞　䶱䶱黑虎或作䶱　鼨豹文鼠也
黳黑也　○隆石〔一七〕虛冬切硿隆石聲文六　𪔵鼕〔一八〕鼕鼕鼕鼓聲
或作鼛鼕鼛鼕　○農欁襛農農閙奴冬切說文耕也一曰厚也又姓古

〔一九〕「多」
〔二〇〕盥
〔二一〕齈　〔二二〕䰇
〔二三〕猴
〔二五〕桴　〔二六〕賦
〔二七〕大
〔二八〕䁁

作欁襛襛襛䢉文二十　𩟗餺𩟗強食　噥多言不中謂之噥　䨹〔二〇〕濃博雅露多〔一九〕
也或作濃　憹憕憹悅也　儂我也吳語〔二一〕　獿說文犬惡毛〔二二〕　盥膿癑
說文腫血也或作膿癑　蕽蓬蕽蘆華　齈鼻病　䰇負獸也一曰母猴〔二三〕　䁁
怒〔二四〕目　○鬆髮鬆蘇宗切髮亂鬆鬆或作鬆鬆文三　○宗祖賨切說文尊祖廟
也一曰尊也本也亦〔二五〕姓文四　倧上古神人　洚水不遵道孟子洚〔二六〕水警予　棕木名
蜜桴〔二七〕也　○賨幏祖宗切說文南蠻賦也或从巾亦書作賩文十三　悰誴說文
樂也一曰謀也或作誴　慒說文慮也通作悰　琮說文瑞玉大〔二八〕八寸似車釭〔二九〕　淙
說文水聲也　潨水會也　鬃高髻也　蜙蜙蝑蟲名　鼨䁁屬方言江湘

〔二九〕聲

〔二〕任

之間謂之甇 琮子孫隆盛曰琮 婃女字 ○碚乎攻切碚磬石隕聲文七 ⿰口動歌聲 ⿰風宮大風謂之⿰風宮 浲水不遵道 夅服也 降下也 瓨罃長頸者

○攻古宗切治也擊也文三 釭轂鐵一曰鐙也 碽擊聲 ○流統冬切流淙水聲文一 ○硞酷攻切硞磬石聲文一

三○鍾諸容切說文酒器也一曰聚也當也又姓文二十三 鐘銿說文樂鐘也秋分之音物種成古者垂作鐘或从甬通作鍾 橦木一截也唐式柴方三尺五寸曰一橦 籦籦籠竹名可作笛 舩舉角也 ⿱竹公字林無節箭 ⿱艹公艸名 炂暍仆也

伀說文志及衆也 彸征彸怖遽皃 妐公夫之兄爲兄妐一曰關中呼夫之父

〔六〕衳

〔七〕鍾

〔八〕⿺夂重

〔九〕穀

〔一〇〕傑

〔一一〕衝

〔一二〕引

曰妐或省通作鍾 罿捕鳥罔爾雅繴謂之罿 蹱徸埤倉蹱蹱行不進皃一曰小兒行或从彳

憧憧憧往來不絶皃 㕬衆口皃 忪心動也 憁⿰忄松⿰衤松

衳說文幝也一曰帙或作⿰忄松⿰衤松 蚣蟲名 蝩⿰虫童蝗也或从童 ⿵門公門外開

童夫童郕地通作鍾 鍾⿺夂重量名六斛四斗曰鍾或作⿺夂重通作鍾 舂荊山

潼瀧潼溼皃別名 鈆鐵也 ○舂書容切說文擣粟也古者雝父初作舂一曰山名日所入文十

摏衝也 踳博雅踳蹋也 惷憧騃昏也或作憧 䗃蝽蝝

⿰舂鳥鸀⿰舂鳥鳥名布穀也通作舂蟲名通作舂 ⿰馬舂駑馬 從從容久意禮待其從容然後盡其聲 傱博雅傑傱罵也 ○衝衝昌容切說文通道也春秋傳及衝以戈擊之一

〔一三〕突
〔一四〕剸
〔一六〕樅

曰突也或从重文十七 罿說文罬也用以捕鳥 憧說文意不定也一曰憧憧往來不絕
皃 ⿰車童橦說文陷敶車也或作橦通作衝 艟艨艟戰船所以突〔一三〕敵 潼水名一曰
水壞道〔一五〕 ⿰衤童⿰衤重博雅⿰衤童褣⿰衤詹襜也或从重 ⿰童刂⿰重刂〔一四〕博雅剸刺也或从重 穜種
廣雅短矛也或从重 ⿰忄從〔一六〕崇牙也 惷騃昏也 ⿱穴童空也○鱅鰫常容
切說文魚名一作鰫文十一 ⿰衤童⿰衤重博雅⿰衤童褣⿰衤詹或从重 ⿸疒庸㾔⿸疒庸器病 慵
懶稱 鏞饞鏞不廉 ⿰車庸⿱從手引船淺水中或作⿱從手 ⿰容瓦說文器也一曰〔一七〕瓶也 嫞
女字○茸如容切說文艸茸茸皃一曰尨茸亂皃文十八 ⿱竹耳文〔一八〕竹也 穁襛穁
芳也〔二一〕曰禾稍 楫木名似檀 ⿰革茸鞌毳飾 ⿰糸茸絲飾 ⿰髟茸⿰髟茸〔一九〕說文亂髮也或

〔二〇〕毴
〔二二〕髮
〔二三〕傑
〔二五〕㗰
〔二六〕髮

从耳 毴博雅毴〔二〇〕毴罽也 襛說文衣厚皃引詩何彼襛矣 穠華多皃 ⿰足茸
行皃 ⿰虫茸蟲行皃 搑推擣也一曰收也 ⿰豸茸矛屬 ⿰酉茸說文酒也一曰酒重
釀者 ⿰茸毛鳥獸細毛也 ⿰女茸姅媶美皃〔二一〕○蜙蚣思恭切說文蜙蝑以股鳴者或
省亦書作蚣文九 淞江名在吳郡 淞字林凍洛也 鬆髮鬆〔二二〕鬆髮亂或省
倯倯方言傑〔二三〕倯罵也郭璞曰羸小可憎之名一曰嬾也或从彳 松內語 ○
樅七恭〔二四〕切木名說文松葉柏身亦姓文二十 䅗䅗移治禾也 鏦錄䥛
說文矛也一曰稍小者或从彔亦作䥛 瑽瑽瑢佩玉聲 瞛〔二五〕目光 ⿰月從肥也 ⿰走从
急行皃 鬆鬆〔二六〕鬆髮亂或从松从公 摐博雅撞也 ⿰彳從從容休燕

〔二八〕絨　〔三二〕瞛　〔三五〕淞江名在吳郡　〔三六〕隸

也從遳步緩也或作遳蓯蓯蓉藥名蠑蟲名螉蛹也鼨鼨鼩小鼠
嵷女字○從縱將容切東西曰衡南北曰從或从糸〔二九〕文十七縱說文絨屬
絨采章也一曰車馬飾䡝䡝說文車跡〔三〇〕也或作蹤蹤蹤迹也或省⿺走从急行
皃樅木名一曰簴上牙熧火出〔三一〕穴中磫廣雅磫礶礪也一曰石路鼨
鼨鼩鼠名瘲說文病也氃博雅氃〔三二〕毾㲪也瞛〔三三〕目光也潨水外之高者
豵豕生三子○松枀寀祥容切說文木也亦州〔三四〕名古作枀寀或書作榕文七
訟爭〔三五〕也淞凍洛也菘艸名○从刅從迦牆容切說文相
聽也〔三六〕从二人又姓古作刅隸作從或作迦文九豵豕生二子䭜𩦺方言桂林之中謂雞

〔三七〕半　〔三八〕牾　〔四〇〕半　〔四一〕⿰目祭　〔四二〕丰

曰鏦或从鳥亦書作⿱從隹訟爭也蠑蛹蠑蟲名○峯〔三七〕芊丰敷容切〔三八〕說
文艸盛丰丰也从生上下達也或作芊丰文三十五莑艸牙始生夆蜂說文牾也爾雅
甹夆掣曳也或作蜂姅𡟐方言凡好而輕者趙魏燕代之間曰姅或作𡟐𢓱𨗨說文
使也或从逢鏠鋒說文兵耑也或从夆桻廣雅木末也𤑳烽說文燧候
表也邊有警則舉火顔師古說夜曰𤑳晝曰燧或省䂜䂜矛屬或从夆鞛鞛鞛鞛
韋飾或从夆〔四一〕肨肉耑峯〔三九〕峯〔四〇〕說文山耑也或作峯或書作峰眸眸目⿰目祭或从
夆蠭𧖴蠭蚌說文飛蟲螫人者古作𧖴或作蠭蚌通作蜂豐葑菜名
或作葑捀說文奉也犎牛名訃𧩯語耑或不省仹闕仙人名○

〔四三〕𡉚𡊄　〔四四〕㞢

〔四五〕犦

〔四六〕横

〔四七〕摓

〔四八〕[礻逢]　〔四九〕名

〔五〇〕[罒云]

封〔四三〕𡉚𡊄　方容切說文爵諸侯之土也从之〔四四〕从土从寸守其制度也徐鍇曰各之其土一曰土陪益爲封一曰大也又姓亦州名古作𡉚𡊄文十　崶　山名在封州　葑蘴　菜名

說文須從也或作蘴　[封牛]犎　牛名領上肉〔四五〕犦肤起如橐駝或从夆　篈　竹名　妦　女字

○逢　符容切說文遇也一曰大也文十四　縫綘[衤逢]　說文以鍼紩衣也或省亦作[衤逢]　韄　字林被縫也一曰鼓聲一曰靸韄艸名　[矛逢][矛夆]　字林矛有二橫〔四六〕曰[矛逢]猾或从夆

摓拝捧　奉也孫伷曰兩手分而數或省亦作捧通作摓〔四七〕　夆　爾雅甹夆掣曳也

〔四八〕[礻逢]　蒷山神〔四九〕通作逢　漨浲　水名山海經〔五〇〕[罒云]狐山漨水出焉一曰〔五一〕漢逢池在開封縣或从夆

○夆　匹逢切甹夆掣曳也文一　○蹱　癡凶切蹱蹱小兒行皃文八　傭[月庸]

〔五二〕[辶䮒]　〔五三〕犯

〔五五〕穜孰

〔五六〕種穜

〔五七〕竜[竹竜][亼竜]

〔五九〕虰

〔六一〕都

均直也〔五四〕或从肉　〔五二〕[辶䮒]　馬不行皃　[犭重]　土精如豘〔五三〕謂之[犭重]　黷　深穴中〔五五〕黑　嫞　女字

[龍巫]　巫也　○重　傳容切複也文十三　種穜　說文先種後孰也或作穜　緟

〔五六〕種穜　說文增益也一曰厚也或作種穜　鶇　鶇鶓鳥名　鮦　魚名〔五七〕　蝩　夏蠶

於　旗杠　[阝重]　地名　酮　酒欲酢　媑　女字　○龍竜[竹竜][育龍]

[亼竜]龔〔五八〕　力鍾切說文鱗蟲之長春分而登天秋分而潛淵一曰寵也又姓亦州名古作竜[竹竜][育龍][亼竜]

龔文一十　驡　野馬　蠪　博雅蚵〔五九〕蠪蝪也一曰竹螘　瓏攏　說文禱旱玉龍文从

玉或从圭　䶬　博雅巫也　躘〔六〇〕　躘蹱行皃　蘢　蘢古艸名通作龍　籠　博雅篕籠

龕也一曰籠鍾竹名　龐竉　郘龐縣在九眞或作寵　巃　山峻皃　艭　扁舟蓋謂

〔六二〕褣

〔六五〕用　〔六六〕冶

之龖鸗鳥屬瀧水名○醲尼容切說文厚酒也文十濃⿱雨農說文露多也引詩零露濃濃或从雨襛厚也穠華多皃欜木名⿰夗農⿰夗巳⿰夗農多也䵜⿰黑庸䵜黑甚⿰犭農犬多毛鬞髮皃○容⿱宀公餘封切說文盛也从宀谷徐鉉曰屋與谷皆所以盛受又姓亦州名古作⿱宀公通作頌文四十七頌⿰容頁說文皃也籀作⿰容頁通作容⿰容彡重影也一曰形〔六三〕彡⿱髟容髮長皃一曰飾也傛漢制傛華婦官名一曰傛傛便習意一曰不安褣〔六二〕方言南楚謂襜褕曰褈褣搈博雅動也傭說文均直也一曰顧作謂之傭庸𩫖說文用也从用庚〔六三〕庚更事也引易先庚〔六四〕三日一曰常也愚也古作𩫖又姓𩫖說文用也从亯从自自知臭香所〔六五〕食也鄘說文南夷國一曰紂之畿內地名鎔說文〔六六〕冶器

〔六九〕⿰馬庸　〔七〇〕⿰亯庸

〔七一〕鰲牛　〔七二〕鯈

法也鏞⿰金甬說文大鍾謂之鏞或从甬⿰庸戈兵器槦〔六七〕樢槦木名材中箭笴一曰兵架謂之槦榕木名初生如葛蘽緣木後乃成樹⿱竹容⿱竹容笴矢也一曰文竹蓉芙蓉荷華溶說文水盛也一曰安流也亦水名滽〔六八〕水名山海經宜蘇之山滽水出焉墉⿰阝庸⿰片庸〔六九〕⿰亯庸〔七〇〕說文城垣也或作⿰阝庸⿰片庸古作⿰亯庸嵱山名在容州𡽱山名在建州⿰車公⿰車容車行皃或从容瑢瑽瑢珮音⿰容瓦⿸庸瓦博雅瓶也或作⿸庸瓦⿰豸庸⿰犭庸說文猛獸也或从犬鷛⿰鳥庸說文鳥也一曰庸渠即今水雞或从隹⿰容鳥⿰容鳥⿰鳥庸鳥名鱅〔七一〕魚名如犛牛音鰫說文魚也似鰱而黑⿰虫庸山海經〔七二〕鯈⿰虫庸狀如黃蛇魚翼出入有光訟諍也⿰牛庸牛名領有隆肉鋊鉤鋊取炭器嫆女字○⿱容金

〔七四〕眭　〔七五〕拱　〔七七〕恟

丘恭切說文斤斧穿也文三⿱⺮蛩車弓跫行聲○恭居容切說文肅也通作龔共或書作恭文十八龏說文愨〔七三〕也龔說文給也又州名亦姓供說文設也一曰供給通作共共共工官名又地名亦姓廾⿱日廾竦手也或作⿱日廾⿰共阝亭名在宣城⿰目共⿰目恭睥倉⿰目共眗非蛙〔七四〕也或从恭⿱髟共⿱髟共鬆髮亂⿰共鳥鳥名似雉啼自呼烘燎也珙拱〔七五〕大璧也春秋傳與我其珙璧徐邈讀或作拱㤨博雅懼也哄⿰口恭聲也或从恭○匈⿱凶月胷許〔七六〕容切說文膺也或作⿱凶月胷文十七凶⿰夕凶說文惡也象地穿交陷其中或从歺通作兇兇恟忷說文擾恐也引春秋傳曹人兇懼或作洶〔七七〕忷詾訩⿰言兇詩傳訩也一曰盈也一曰衆言或作訩⿰言兇跫䟵人行聲莊

〔七八〕骹　〔八〇〕者　〔八二〕丿一　〔八三〕獲　〔八四〕孰　〔八五〕雝　〔八六〕勒

子足音跫然或从凶洶汹水勢或作汹銎⿰金凶方言矛骰〔七八〕謂之銎一曰斤〔七九〕斧穿或从凶○邕⿱巛吕於容切說文四〔八〇〕方有水自邕成池〔八一〕又州名籒作⿱巛吕文三十五廱說文天子饗飲辟廱〔八二〕曰辟廱學名通作雝雝⿰邕鳥說文雝𪀦也或从鳥雍和也亦姓通作邕雝噰嗈爾雅聲也郭璞引詩肅噰和鳴或作嗈通作邕雍⿰豸雍猱〔八三〕屬⿱雝食饔熟〔八四〕食也一曰割烹煎和之稱或从雍灉澭說文河灉水〔八五〕在宋爾雅水自河出爲灉或作澭⿱雝土壅⿱雍甾塞也或从雍亦作⿱雍甾⿱雝玉⿱雍玉石次玉一曰玉器或从雍⿱雝缶⿱雍缶⿱雍瓦陶器或作⿱雍缶⿱雍瓦⿰多邕⿰多雍⿰多邕⿰多農多也〔八六〕或作⿰多雍⿱艹雍萃也⿰革雍⿰革邕⿰革雝鞾勒或从邕亦作⿰革雝⿰衤雍⿰衤邕襛袎吴俗語或从邕癰⿰月雍說文腫也或作⿰月雍亦書作⿱雍月⿰扌雝

〔八七〕字　〔八八〕鰅鱅　〔九〇〕邛　〔九二〕邛地　〔九四〕梭

⿱雝手遮也或作⿱雝手　⿰女邕〔八七〕女皃　𧓍蟲名蝆也　○顒鰅魚容切說文顒大頭也引詩其大有顒一曰顒顒溫皃或作鰅文八　蝺蟲名似蟬　禺番禺越地名　喁噞喁魚口上見一曰聲也　鰅說文魚名皮有文出樂浪東暆神爵四年初捕收輸考工周成王時〔八八〕揚州獻鰅一曰鱅鱅狀如犂牛　遇曲遇地名　媀女字　○蛩〔八九〕蛩渠容切說文蛩蛩獸也一曰秦謂蟬蛻曰蛩或从邛〔九〇〕通作邛文二十九　⿱巩馬獸如馬而青一走千里　蛬爾雅蟋蟀蛬　邛〔九一〕說文地〔九二〕名在濟陰一曰水名在蜀一曰病也亦姓　笻竹名通作邛　⿱艹邛〔九五〕莫莢實　⿱巩木稽〔九三〕也　桏說文椶〔九四〕据木也　栱共爾雅杙大者謂之栱或省　⿰木⿱巩木⿰舟⿱巩木舼⿰舟邛方言南楚江湖凡船小而深者謂之⿰木⿱巩木或作⿰舟⿱巩木舼⿰舟邛　輁輁軸士喪

〔九七〕閧鬲　〔九九〕犛　〔一〇〇〕氂

遷柩者　蛩籠蛩車弓　銎佩也　⿰亻⿱巩木方言⿱巩木倯罵也　⿱巩鳥水鳥名　⿰髟巩⿰髟巩鬆髮亂　跫人行聲　廾竦手也　⿱巩手舉兩手取曰⿱巩手　閧〔九七〕說文所以枝鬲者从爨从鬲省會意　烘燎也　⿱巩土⿱巩石水石之島曰⿱巩土或从石　⿱巩米精米　○⿱逢蟲匹匈切蟲名爾雅土⿱逢蟲文一　○蓬蒲恭切鬭人名蓬蒙羿之弟子文一　○犛〔九九〕鳴龍切羌中牛名李登說文二　氂〔一〇〇〕毛之彊曲者李登說

四　○江古雙切說文水出蜀湔氐徼外崏山入海又姓亦州名文十六　茳茳蘺香艸通作江　豇豆名　扛說文橫關對舉也　杠說文牀前橫木一曰旌旗干　矼聚石水中以爲步度彴通作杠　瓨說文似罌長頸受十升　玒玜玉名或从公　⿰谷工

〔一〕腸　〔二〕瘍　〔三〕岢　〔四〕艂　〔五〕痝　〔六〕胮　〔八〕䜫　〔一〇〕皃

谷名在南郡　釭鐙也一曰轂鐵　𧢼𧢦說文舉角也或从工　魟魟鰤水蟲名

肛〔一〕𦞓倉胮肛腹脹也　䇵竹名　○腔羫〔二〕𤝬枯江切骨體曰腔或从羊从犬文十九　𩪝髓𩪝尻骨名　瘔啌喉㾓也或从口　控打也　椌說文柷樂也

跫履地聲　騿馬行皃　悾信愨皃　谾山谷深皃　崆〔四〕崆𡵓山高峻皃　𤭢𤮊𤭢也或从荒　岢〔三〕說文幬帳之象从冂㞢其飾也　舡艂舡舟名

涳說文直流也　矼堅實皃　○肛痝〔五〕虛江切博雅胮〔六〕肛腫也或作痝文九　啌咄也一曰嗔語一曰嗽也　舡博雅艂〔七〕舡舟也　谾澗谷空皃　䜫〔八〕輆〔九〕擊也或作輆

矼堅實皃　涳水流〔一〇〕直也　○夅降胡江切說文服也从夊㐄

〔一三〕張　〔一四〕瓨　〔一五〕鳿　〔一六〕从　〔一七〕膸　〔一八〕𪔂　〔一九〕邦𨛦峀　〔二〇〕裹　〔二一〕說文高皮江切

相承不敢竝也或从〔一一〕文十六　迒車迹也　篫〔一二〕篫雙酒籭也　桻說文桻雙也一曰未帳〔一三〕帆皃通作篫

𨂌博雅胡豆𨂌躞　缸瓨說文瓶也或〔一四〕作瓨　𤞤獾𤞤犬不服牽也　㟝山名　洚說文水不遵道一曰下也　䲨〔一五〕鳿鳥名或作鳿　跭跭躞竦立也一曰行不進

𡵓崆𡵓山皃　虹潰也詩實虹小子鄭康成讀　○胦於江切胦肛不伏〔一六〕文二　獾獾𤞤犬不服也　○𡵓𡸸吾江切崆𡵓山峻或作𡸸文二

○胮膖𤵖胖披江切胮肛腫也或作膖〔一七〕𤵖胖文七　韸𪔂鼓聲〔一八〕或作𪔂　𪑒黑皃　○邦〔一九〕𨛦峀悲江切說文國也一說大曰邦小曰國亦姓古作𨛦峀文六

梆木名　垹土精如手謂之垹　䩷皮裹〔二〇〕屨　○龐皮江切說文高〔二一〕

〔二二〕胮

〔二七〕媢

皮江切說文高屋也亦姓文七　𪔂韸鼓聲或作韸　逄塞也一曰姓也出北海　胮〔二二〕⿸疒夆胮肛腫也或作⿸疒夆　艂艂艭船也　○尨莫江切說文犬之〔二四〕多毛者引詩無使尨也吠一曰雜也文二十二〔二三〕　厖說文石大皃一曰厚也　駹說文馬面顙皆白　牻說文牛白黑雜毛　蛖蟲名爾雅螇蛖螻　⿰尨鳥鳥名茅鴟也似鷹〔二五〕而白或書作鸗　⿰山尨五⿰山尨山名在蜀　浝說文水也　⿰黑尨方言⿰黑尨⿰黑尨私也郭璞曰皆冥闇故爲陰私　娏埤倉女神名　⿱髟尨毛蒼也　⿰目尨目暗也　哤說文哤異之言一曰雜語　⿰月尨身大也　痝病困一曰病酒　⿰忄尨〔二六〕⿰忄尨懞惛也　⿰亻尨⿰亻尨講〔二七〕不媢　⿸尨土說文涂也　龍〔二八〕黑白雜色也周禮龍勒戚衮讀　⿰女尨艸名　⿰尨頁頭皃　鸏鳩屬　○雙疎江切說

〔二九〕欆　末

〔三一〕囱

〔三三〕椿

文隹二枚也又持之亦姓文〔二九〕十三　·艭艂艭舟名　䉶博雅笭䉶謂之筞一曰酒篘　欆　⿰巾雙栙欆木張帆或从巾通作雙䉶　⿰足雙跭⿰足雙豆名　㦼懼也春秋〔三〇〕傳駟氏㦼　⿰魚雙海魚名　瀧水名在嶺南亦州名　⿰立雙跭⿰立雙竦立　⿱艸雙艸名　⿱雨雙雨皃　孇女字　○囱〔三一〕窗牕窻四初江切說文在牆曰牖在屋曰囪或作窗牕窻古作四俗作窓非是文十三　⿰土㚇⿰耒㚇不耕而種或作⿰耒㚇　摐博雅撞也　鏦⿰金彖⿰禾悤⿰金囪方言矛吳楚之閒謂之鏦或从彖亦作⿰禾悤⿰金囪　蔥蔥靈輜車名　○淙鉏江切水聲文六　⿱髟彖從髻高也或作從　⿱從瓦博雅瓶也長沙謂罌曰⿱從瓦　⿰食從欲食也或書作餐　漴雨急謂之漴　○椿〔三三〕株江切杙也文五　⿰氵舂〔三四〕深水立也　⿱髟舂

【三五】衣　【三七】九　【三八】尻　【三九】穜　【四〇】短　【四一】䶬　【四二】明　【四三】鬤

鬞鬞亂髮⿰衤舂短衣⿰礻舂祠不恭謂之⿰礻舂○惷丑江切說文[三五]愚也文六⿱舂見
⿰舂見說文視不明也一曰直視或从卷亦書作觀⿰礻舂祠不恭也⿰禾舂禾不[三七]秀⿰衤舂
短[三六]也○幢傳江切釋名[三六]幢童也其狀童童然文十二撞說文孔[三七]擣也橦說文
帳極也一曰木名穜種入也扵旗杠饚噇食無廉也或从口髖
膧髖骴尻[三八]骨或从肉⿰童見視不明也⿰石童石兒⿰衤童衣[三九]也○瀧閭江
切奔湍文二䶬充實兒○⿰耳農濃江切耳聲文十二噥譨嗔語一[四二]曰語不
明或从言䁸[四〇]目不明憹心亂也鬞⿰農毛埤倉鬞鬞[四三]髮亂或从毛醲
厚酒也搑推擣[四四]也一曰窒也⿰食農餺⿰食農強食也⿱農鳥鳥名鴻也涳直流

【三】衹　【六】楚　【七】圛　【八】卩

也亦姓
五○支⿱支帀章移切說文去竹之枝也从手持半竹一曰分也亦姓古作⿱支帀文五十四枝
說文木別生條胑⿰身只肢⿰身支說文體四胑也或作⿰身只肢⿰身支通作支疻傷也⿸疒支
疧病也或[二]从氏紱字林緯紱挽舟繩⿰糸爾繒屬衼毛衣也一曰褻渫謂
之衹衼衹秖[三]適也或从禾禔[四]媞衼安福也或从女亦作衼榰
說文柱砥古用[五]木今以石引易榰常凶⿱林巵[六]木盛梔黃木子可以染[八]爾雅桑辨有甚
梔一曰桑半有甚半無名梔巵說文[七]器也一名觛所以節飲食象人卩在其下也觶
⿰角辰觝鄉飲酒器受三升一說實曰觴虛曰觶或作⿰角辰觝[九]只專辭也氏月氏

〔一〇〕觀

〔一一〕「多」

〔一三〕蘫　〔一四〕菹　〔一五〕䳅

西域國名一曰閼氏匈奴妻名菽䩄菽面飾眡視也駊說文馬彊也𨾅
鳷說文鳥也一曰雄度或从鳥漢有鳷鵲〔一〇〕在雲陽甘泉鷙土精如鴈黃色一足謂之
鷙𣬛博雅毦𣬛罽也蚑蟲名如蜥蜴食人而善藏汥說文水都也𨙸
邑名在義陽〔一一〕多𢻱廣雅多也或从支軙軙軝長轂𦳢落榆莢也或作落
〔一二〕岐分也〔一三〕跂踶跂用心力皃崔譔說枳䞸枳首蛇名蛇有兩首者或作䞸訳
博雅調也蘫〔一四〕博雅菹也䳅〔一五〕方言雞陳宋謂之辟䳅豟豕高五尺爲豟吱吱吱
聲也軛車器也眵目汁凝忮害也○騹騄專垂切馬小皃或作
騄文三覞規覞面柔不能仰○齜莊宜切齲病或書作齹文一○施

〔一六〕㐱　攸

〔一七〕覞　〔一八〕枝

〔二一〕𢻫　〔二二〕敷

〔二三〕鳧

〔二四〕羋　〔二五〕醫

〔二六〕彖　〔二七〕筐　盞

〔一六〕㐱茷商支切說文旗皃齊欒施字子旗知施者旗也一曰設也亦姓古作㐱茷文二十二覞
〔一七〕覞覞說文司人也一曰規覞面柔或作覞覞通作施箷〔一八〕竹名葹卷葹〔一九〕艸名拔心
不死通作施纚𦅻䌤絁說文粗緒也一曰繒屬或作𦅻䌤絁〔二〇〕鍦鉇𥎞
𥍂方言矛吴楚之間謂之鍦或作鉇𥎞〔二一〕𥍂〔二二〕𢻫𢽤𢼂說文敷也或作𢽤𢼂通作施
鸍鳥名爾雅鸍沈鳧似鴨而小長尾背有文〔二三〕𪓕蟲名說文𪓕鼄詹諸也引詩得此𪓕鼄言
其行𪓕𪓕𧊅說文姑𧊅強羋〔二四〕也謂米穀中蠹小黑蟲酏粥清也周禮醫〔二五〕酏劉昌宗讀
弛施也通作施湤水名䜿訑多言也或省㚤女字㗂聲也
〔二六〕豙豕也疧傷也翄翼也○釃麗山宜切以筐〔二七〕盞酒也或作麗文十九

〔三二〕蕾兜　〔三三〕紬

〔三四〕差又

籭簛簁 說文竹器也可以取粗去細或作簛簁 䙰褷 〔三一〕襹毛羽衣皃或从
徙 欐 棟也一曰木名 蠡 博雅蠡蠡〔三二〕蛐蜒 凘 水索曰凘 澌 流冰也 斯
撕廝麗 析也或从手亦作廝麗 蓰 物數也五倍曰蓰 禠 祭名 𣢑
嘶〔三四〕聲 沙 水傍 ○ 䪎 山垂切說文綏也博雅䪎謂之鞙文五 孈 說文愚戇多態
也 隵 說文飛也 鑴 小餟也 夊 行曳足 ○ 眵 侈支切說文目傷眥
也一曰曹〔三二〕兜文五 㛗 姑㛗美皃 纚 博雅細〔三三〕也一曰繒屬或作纚 鼓 轂飾
○ 吹 歈 姝爲切說文噓也周禮作歈文四 龡 說文龡音律管壎之樂也 炊
說文𤔔也 ○ 差 䁟〔三四〕 䁟 又宜切參差不齊也古作䁟籒作䁟文十五 㷄 說文

東炭也 齹 𪘏 說文齒參差或从宜亦書作齹 嵯 嵾嵯山不齊或書作嵳
縒 說文參縒也謂亂〔三五〕絲皃 蹉 跌也 柴 傑 柴池參差也或从人 𦐡
𦐡蛡燕飛不至也通作差 𥮯 篸差竹皃 溠 水名荊州浸 䐤 胸也 ○ 衰〔三六〕
初危切減也文四 𤺴〔三七〕 說文減也 夊〔三八〕 說文行遲〔三九〕曳夊夊象人兩脛有所躧也 榱〔四〇〕
椽也 ○ 匙 提〔四一〕 常支切說文匕也或从木亦書作鍉〔四二〕文三十四 鍉〔四三〕 鑰也 鶗 鴂
鶗鴂鵜也亦从氐 提 翅 提提群皃〔四四〕或从羽 𠱓 鳥鳴 隄 堤 博雅隄封都凡
也或从土 柢〔四五〕 字林碓衡一曰桃也 𥭮 說文黃屬 䓇 說文艸也 芪
蝭 說文芪母也一曰〔四六〕知母或作蝭 禔 媞 說文安福也引易禔既平或从女通作提 褫

〔三五〕絲亂　〔三六〕衰　〔三七〕瘊　〔三八〕夂　〔三九〕遲　〔四〇〕榱　〔四五〕柢　〔四六〕曰

〔四七〕[illegible]　〔四八〕父考　〔四九〕[illegible]　〔五〇〕垂　〔五一〕一　〔五二〕[illegible]　〔五三〕鴟　〔五五〕衛

爾雅福也　怟〔四七〕愛也一曰怟懘不憂事　姼媞方言〔四八〕南楚謂婦妣曰母姼婦父曰父姼或作媞　提毒出蠆尾　疧病也　眡廣雅視也　祁盛皃亦姓　祇病也一曰安也　箷爾雅竿謂之箷所以架衣者通作箟　麜麜牝曰麜　岐嶅山名古作嶅　徥說文徥徥行皃引爾雅徥則也　䡋〔四九〕紂餘鞁也　軝軙以朱絡轂或从支　○垂埀是爲切說文遠邊也一曰幾也古作〔五〇〕埀文二十二　陲說文危也　𠂹[illegible]〔五二〕說文艸木華葉𠂹古作[illegible]　〔五三〕倕倕重也黃帝時巧人名或作倕　𦉈錘甀〔五三〕廣雅瓶也或作錘甀　𩿧鵛鴟也或作鵛〔五四〕　箠篅囷也或作篅　郵地名〔五五〕在衛　颾風偃物皃　種禾垂皃　圌山名在吳郡　㔂㔂㕒山顛　箠竹名　腄

〔五六〕光　〔五七〕嬰　〔五八〕齯　〔六〇〕斯　〔六二〕穴也

臀也　娷女字　○兒兒〔五六〕如支切說文孺子也一說男曰兒女曰嬰〔五七〕亦姓古作兒文七　郳國名　齯〔五八〕老而更生齒　[illegible]綌繻繒美皃　唲嚅唲強笑　婼婼羌　國名　○痿儒垂切說文痺也一曰兩足不相及文六　撋捼擩也或从委　䬐風緩也　[illegible]〔五九〕小餟也或作[illegible]　○斯撕斦相支切說文析也引詩斧以斯之或从手古作〔六〇〕斦〔六一〕一曰此也亦姓文四十八　鐁平木器釋名斤有高下之跡鐁彌而平之　[illegible]博雅磨也通作磃　磃漢有上林磃氏館　蟴甀字林甕破也一曰瓶也或省亦書作㽂　廝㒋析薪養馬者或作㒋　凘說文水索也　澌〔六三〕說文流冰也　霹說文小雨財零也　[illegible]〔六四〕㴲說文水出趙國襄國東入湡一曰水厓　虒說文委虒虎之

〔六三〕上虎　〔六四〕雅　〔六六〕蜥　〔六八〕桃　〔六九〕顲　〔七一〕痛　〔七二〕箭　〔七三〕榫　〔七五〕抵　〔七七〕幗

有角者一曰虎祁地名在晉虎〔六三〕上地名在長安俗作虒非是　𪕮說文鼠也　鷈鸒鷈雅烏

也　蜤蟲名爾〔六四〕雅蜤螽蚣蝑通作斯　蟴郭璞〔六五〕曰青州人呼𧒂〔六六〕爲蛅蟴　螔方言守宮

在澤者海岱之間謂之螔蝀郭璞曰似蜤〔六六〕易而大有鱗今通言蛇醫一曰螔蝓蝸牛也　〔六九〕鷈鳥名

〔六七〕蘄析葴蘄艸名似蘺麥或作析　榹說文槃也爾雅榹桃山桃〔六八〕　顲靚顲頭不正一

曰好皃　[忄斯]懆〔七〇〕也　謕數諫一曰諒也　[疒虒]博雅病也一曰瘆瘧痛〔七一〕楚　禠說文

福〔七二〕也　[竹斯]竹枝也　[糸爾][糸璽]繒屬或作纒　榭博雅榫〔七三〕下支謂之[木卑]〔七三〕榭　[火斯]

煙〔七四〕也　蘄艸名生水中華可食　徙地名在蜀一說抵〔七五〕徙擬手期〔七六〕趍也　幍博雅幗〔七七〕幍

謂之幍〔七八〕帷　轍[亻虒]輪之類太玄作[亻虒]　㯕薪木〔七九〕也　[禾虒]治禾也　誓聲散也或

〔八〇〕錍　〔八一〕土　〔八三〕莏　〔八五〕秅　〔八六〕䟸柰

書作謕　㜳女字　鰤魚名一曰鰣〔八一〕　[鳥斯]小〔八二〕皃　嘶塿鰤短也　䗶噎　[忄虒]

悵[忄虒]不〇　眭宣爲切目深皃亦姓文五　眭二埒也　莏〔八三〕莏擇手

也或作莎　鑴〔八四〕旁氣也　〇　雌雌䳄七支切說文鳥母也一曰牝也古省

或从鳥　觜人子腸也　𡜵妓婦人不媚皃　鍫鍫錍斧也

文十〔八五〕　觜觜或作𡙇〔八六〕

權托也　羋說文羊名號皮可以割桼　榹木名實如桃而小　〇　貲將支

切說文小罰以財自贖漢律民不繇貲錢二十二通作訾文三十六　訾譽思也毀也

稱意也又地名亦姓或作譽亦書作訛　齍歎聲易齍咨涕洟一曰女功絲枲之事　[止巾]

𢂀埤倉布名或作𢂀　鍫說文鍫錍斧也　頾髭䪼說文口上須也或作

〔八七〕⿰虫⿱此龜

〔八八〕鴜

〔九一〕崒

髭亦省姕說文婦人小物也引詩屢舞姕姕媊太白星妻曰女媊觜星名

一曰鴟舊頭上角觜也鄑說文宋魯間地𨚶⿰貲阝谷名在西海亦縣名或作⿰貲阝⿰觜龜

蟕〔八七〕⿰觜龜蠵龜屬或作蟕通作觜鴜〔八八〕鳥名說文⿰馬戠觜也通作疵鮆魚名⿱此鼠說文

鼠似〔八九〕雞鼠尾通作⿱此虫或書作⿰鼠此⿱此虫蟲似蟬⿰呰欠㰣倉頡篇嗄㰣也一曰歐也或省⿰木貲

⿰木觜⿰木貲⿰木觜木名實可食或从觜⿱艹貲菜名蕪菁也疵〔九〇〕卑疵佞人皃眥爾雅

衣眥謂之襟䂣矲䂣短也些唶也⿱此食⿰口疵嗛食也或作⿰口疵縉帛赤色

⿰呰欠⿰口取⿰呰欠無廉也⿱此衣複襦○厜崒〔九一〕津垂切說文厜㕒山顛或作崒文十九

觜說文鴟舊頭上角觜也一曰觜⿰角雋也𣒚博雅石鍼謂之𣒚一曰鳥喙嫢盈姿

〔九二〕⿰角雋

〔九三〕皃

纗維綱中繩惢善也一曰心疑也⿰血夋脧⿸尸夋赤子陰也或从肉从尸

携博雅按也⿰角雋〔九二〕事佩可以解結臇臛也⿱艹⿱此朿地英也⿰目雋⿰目雋睢視也

⿰木頁小頭皃或書作頛⿰馬垂馬小行皃瓗玉名蟕蟕蠵龜屬○劑

遵爲切爾雅劑翦齊也周禮質劑謂兩書一札同而别之長曰質短曰劑文十三⿱艹⿱此朿⿱艹⿱此枼地英

也或作⿱此枼臇⿰月巂㸂⿰火巽臛也或作臇㸂⿰火巽檇說文以木有所擣引春秋

傳越敗吳於檇李或作⿰木巂蟕⿰觜龜觜蟕蠵龜屬或作⿰觜龜觜𣒚石鍼○疵

才支切說文病也通作呰文二十二玼玉中石也一曰玉病⿰骨此髊鳥獸殘骨或作髊亦

書作⿱此骨胔人子腸茈⿱艹疵爾雅芍皃〔九三〕茈或作⿱艹疵⿰木疵⿰木庛⿰木此木名郭璞曰梗

〔九四〕吅
〔九五〕娣
〔九六〕梓
〔九八〕肯
〔九九〕蜘

屬似豫章或作桃枇通作疪呰呰苛也呶也或从口〔九四〕餥吡噬〔九五〕歠食也或
作吡疪鴜水鳥批梓〔九六〕也欪歐也訾毀也莊子无訾无訾徐邈讀羨
〔九七〕博雅曝也庛来下歧木也姕姕妓女皃○隨䯝遀追旬爲切說
文从也又國名亦姓古作䯝遀追文十二隋順裂肉也隋文帝省隨之辵以爲代號譢
言从也䉖籠也瓍瓍琟玉名遺謙以下人也詩莫肯〔九八〕下遺鄭康成讀䝐
豕牝謂之䝐瓍珠也蛇銜之以報隨侯楚辭因从玉䔺莎也嶞山皃○知
〔九九〕𥎿珍離切說文詞也或曰覺也古作𥎿文十鼅䵹鼅蜘說文鼅鼄蟊也或作
鼅鼄蜘䣽䣽說文酒也或省䓡知母藥艸𧵳以財質也○腄株垂

〔一〇〇〕伎
〔一〇一〕揚
〔一〇三〕彧云／曰
〔一〇四〕誄
〔一〇六〕䁻
〔一〇七〕𤞝𧳋
〔一〇八〕䮍
〔一〇九〕文

切說文瘢胝也一曰馬及鳥脛上結骨李舟說文箠竹節𢾁〔一〇〇〕筊𢾁不齊○摛
攡抽知切說文舒也揚〔一〇一〕子雲作攡文二十三离𡿧山神獸也古作〔一〇二〕𥜽螭
㐌彲離說文若龍而黃北方謂之地螻一〔一〇三〕說無角螭或作㐌彲離魑說文鬼屬
魅厲鬼名誺〔一〇四〕誺謀誺方言沅澧之間凡相問而不知荅曰誺或作誺謀誺
黐粚博雅黏也〔一〇五〕或作粚𤏸火焱痴痴疵病也一曰不廉䁻〔一〇六〕視也賈誼
曰䁻九州而相君〔一〇七〕矖舒也漢書白日矖光𤞝𧳋鷙獸或从豸樆布木也
○馳䮍〔一〇八〕䮈陳知切說文大驅也又姓古作䮍或作䮈文三十三跢博雅蹢躅
跢跦也趍說文趍趙久也䞶說文䞶隲輕薄也跱踟踶說文䠧也

〔一二三〕鍾

或作踟踶 傂 佌傂參差也一曰别植皃 簃 宮室相連謂之簃通作謻 謻 誃 别也

或省 𪗉 䶩 齹斷謂之𪗉或从它 䶵 篪 竾 箎 說文管樂也或作䶵篪亦作竾

𪚲 咸𪚲黃帝樂名通作池 杝 落也 阤 丘名 覞 靦覞面柔 沱 池

穿地鍾水又姓亦作池 褫 說文奪衣也 禔 禔禔衣厚皃 蛇 歐蛇地名春秋

傳盟于歐蛇 拸 拆也莊子介者拸畫 猇 縣名在濟南 𩚵 飴也 𦐄 𦑊𦐄

燕飛皃通作池 她 女字 ○ 鬌 重垂切髮墮也文三 錘 說文八銖也博雅錘謂之

權 甀 方言甖其大者晉之舊都謂之甀 ○ 離 鸝 鵹 鄰知切說文離黃倉

庚也鳴則蠶生或作鸝鵹離一曰别也麗也大琴也亦姓文六十九 离 說文山神獸也歐陽喬說

〔一二八〕詫 〔一二九〕又姓 〔一三〇〕以也 〔一三一〕䍦 樆 〔一三五〕杷

离猛獸也 𪹚 帷中之火曰𪹚 蠡 瓠勺也一曰谷蠡匈奴君長號一曰蟲齧木中 麗

乇乇 施也一曰高句麗東夷國名詁作乇乇 酈 魯地名 縭 說文以絲介履 褵

爾雅婦人之褘也即今香纓通作縭 纚 縒也通作縭 䍦 䍦 𣯒 接䍦帽也或

作䍦𣯒通作㩼 罹 憂也遭也 𢥞 𢟤 支离名端也一曰思也或作𢟤 謧 讈 㦒

說文謧詍多言也一曰弄言或作讈㦒 䕻 𡓾 說文草木相附麗土而生引易百穀草木麗於

地或作𡓾 蘺 艸名說文江蘺蘼蕪 籬 杝 欐 藩也或作杝欐 廲 廈也 篱

笊篱竹器 䅻 長沙人謂禾二杷爲䅻 樆 爾雅梨山樆 黐 黏也 醨 說文

薄酒也 灕 漓 滲灕流皃一曰水滲入地或省 璃 博雅流璃珠也 䮑 驢子曰䮑

〔一二九〕鼶

䴡　魚䴡陣名通〔一二七〕作麗　𪑾𪐴　赤黒色或从來　驪　説文馬深黒色一曰駕二馬

孋　孋姬晉獻公伐孋戎所獲女又姓通作麗　躧𩍐　舞履也一曰步也或作韆　儷

説文棽儷也木枝條皃　𠌖　偶也通作離　矖　矖瞜明目者通作離　𤗬　破木爲𤗬

攡摛　張也太玄幽攡萬類或省〔一二八〕　𧓍　蜧𧓍蚰蜒　鱺　魚名小鮦也〔一二九〕　蠬　螹蠬

龍無角一曰蟲名　鵹鸝　鵹鸝鳥名自爲牝牡或作鵹　鼶　鼶鼶小鼠相銜而行　劙

博雅解也　砅　履石渡水也　柂　柯柂酒名　粚　熬米壞也　穲　苗也一曰五穀

之列爲穲稏　酈　鄉名　釃　以水䉤糟　欐　屋棟也一曰小船　𤺌　黧瘦也

觀　察視也　纚　縭纚惡絮通作縭　廲　廲廔綺窻　羅　帛也　○　羸

〔一三二〕埶

〔一三三〕軌

〔一三四〕刀

〔一三五〕从

〔一三六〕或

倫爲切説文瘦也文七　癳　病瘦也〔一三〇〕　𠑊　膝病也　羸　魚名　蘽　菜名〔一三一〕似

竹生水旁　鼺　鼺鼠別名　妻　埶〔一三二〕妻地名在西羌　○　繠　汝垂切垂皃文一　○

菙　壯隨切地菙文一　○　訑　許支切笑聲文一　○　觬　語支切骨皃文二

輗　轅端橫木　○　蠐　仕知切蠐不齊也春秋傳鄭有子蠐文六　羨　東炭　齹

鹹也河內語　𤸖　痷𤸖疫病　𡛚　𡛚妓婦人小物　鮆　魚名　○　跬　却垂切敝

跬〔一三三〕用力皃李軌説文一　○　瀡　髓隨切滑也文一　○　鈹　攀糜切説文大鍼也方言

鈹謂之鈹一曰劒如仞〔一三四〕裝者文二十一　𨦀　鉏也　披　説文從〔一三五〕旁持曰披一曰開也分也

𤿎〔一三六〕　張羽皃書作翍　㱟𢭃　剖肉也或作𢭃　吱𠰉　方言南楚之間器破而未離謂

【一三九】⿱古辛

【一四〇】飾　【一四一】沱

【一四二】⿱龍皮

【一四三】焊魚

之歧或从皮劆刀析也帔方言帬陳魏之間謂之帔一曰巾也被廣雅䄱被【一三九】

不帶也旇說【一四〇】文旌旗旇靡也⿰耒皮博雅耕也⿰田皮或从田秛廣雅說【一四一】也鮍

⿰魚披說文魚名一曰破魚或从披狓彼猖飛䶕也罷罷韋磔【一四二】牲以祭【一四三】⿱罷灬

筍【一四四】節簾妭女字○陂波班糜切說文阪也一曰池也一曰澤障或作岥文一十八

羆罷⿱龍皮【一四五】⿱龍皮說文如熊黃白文或省古作⿱龍皮⿱龍皮【一四六】犤犤爾雅犤牛今犤牛也

一曰果下牛或从羆碑說文豎石也【一四七】葬時設施鹿盧以繩被其上引以下棺鄭康成曰宮有碑所以識日景宗廟則麗牲焉其材宮廟以石窆用木

田【一四八】艸名鯶也魚【一四九】幽州謂䴽曰麳䴽也錍斧屬說文鈭錍也鑼

罷

【一四七】桹

【一五〇】撕　【一五一】⿰米羆

【一五四】辰

鑼䆔說文耜屬廣雅耕也【一四八】或从羆亦作䆔陂鎜埤倉鐲陂鎜鉏䆔

䆔帔方言帬自關而東謂之䆔或从罷从皮詖辯辭之辭⿱龍皮⿱龍皮⿱龍皮

筍虞飾爾雅髭謂之䆔一曰艸名或作⿱龍皮⿱龍皮籠竹名○皮笈⿰戶皮【一四九】蒲糜切說

文剝取獸革者謂之皮古作笈⿰戶皮文十九疲罷說文勞也或作罷⿱龍皮說文艸也郫

鞞縣名在蜀猈犤闕春秋傳楚有犤博雅木

之榑【一五〇】撕或作⿰革犤【一五二】犤【一五三】牛⿰木卑縣名在魯或作鄱番陂陂池旁頗兒劆

刀析辰【一五四】水邪流頗闕人名春秋傳楚有薳頗【一五五】○糜糜糜忙皮也

切說文糝也一說黃帝初教作糜或作糜糜文二十八糜糜【一五六】說文穄也或从禾亦書作⿰禾麻

〔一五六〕熱 〔一五九〕「鬻」 〔一六〇〕健 〔一六一〕者 鍇

醾醾醾酴醾酒名一曰麥酒不去〔一五六〕滓而飲或作醾醾 䊳碎糠曰䊳 ⿸麻火說文爛也廣雅熱皃一曰壞也或書作爢 縻䋷說文牛轡也一曰繫也或作䋷亦書作⿰糸靡 靡⿸麻分劘⿸麻刀分也易吾與汝靡之或从〔一五七〕分京房从刀或省通作縻 蘼艸名爾雅蘠蘼虋冬 蘪說文蘪蕪也 ⿸麻耳金飾馬耳謂之⿸麻耳 ⿱𠔉米糜潰米也又糜〔一五八〕泠縣名漢書从鹿 攠鍾擊〔一六〇〕處 摩漢有施摩神荊巫所祠 床床穰地名在今秦州 鬻〔一五九〕說文鍵也〔一六一〕通作饜饕 瞴美目皃 麼小也 㦖散也 ○卑賓彌切說文賤也執事也从ナ甲徐鍇曰右重而左卑故在甲下亦姓文二十九 庳〔一六二〕下也一曰鵯牝名 裨陴說文接益也或从阜 鞞牛鞞蜀縣名 俾安俾縣名在安定郡 錍說文

〔一六三〕林 〔一六四〕一曰縣名在琅邪 〔一六五〕卯 〔一六六〕麴 〔一六七〕紕 〔一六八〕鞞 牆 俾

鈭錍也博雅錍謂之銛 椑木〔一六三〕名〔一六四〕讀似柹而青 萆萆薢藥艸一曰蒿類一曰蓑衣 箄捕魚器 渒水名在弋陽 埤增也 ⿰卑頁說文須髮半白也 鵯⿰卑隹鳥名爾雅鸒斯鵯鶋或从隹 蜱螷蜱蛸螳蠰卵〔一六五〕或从䖵 綼鄭康成曰飾裳在幅曰綼在下曰緆 紕辟緣也禮作辟 ⿰麥卑博〔一六六〕雅⿰麥卑麩麴也〔一六七〕 椑博雅木下支謂之椑⿰木斯 ⿰歹卑說文別也 ⿰角卑橫角謂之⿰角卑 ⿰矢卑⿰矢卑⿰矢比短也 〔一六八〕⿰巾卑冕名通作裨 ⿰魚卑魚名 郫邑名在晉 諀諀訾好毀譽也 ○陴⿰亯卑頻彌切說文城上女垣俾倪也籀作⿰亯卑文二十七 埤說文增也一曰厚也 朇說文益也 裨將之偏副一曰冕名亦姓俗从言非是 郫說文蜀縣也又晉邑亦姓 焷火熟也 脾說文

〔一七二〕鶼　〔一七四〕夂　〔一七五〕宲　〔一七六〕周行　〔一七七〕瞌　瞌

土藏也　麵 方言北燕謂麴曰麵　麴 博雅麴麩謂之麵　蜱蟲 爾雅蟷蠰〔一七一〕其子蜱蛸或从䖵　螷蠯𧓈 蚌狹而長者爲螷或作蠯𧓈　椑 博雅木下支謂之椑　紕 飾緣邊也　崥 崥㠁山皃一曰〔一七二〕山足　綼〔一七三〕 飾裳在幅曰綼　猈䈅 人闕名春秋楚有史猈或作䈅　庳 爾雅鶼〔一七二〕鶼其雄䳄其牝庳　卑 償也陸德明說　甈 方言甇謂之甈　阰 山名楚辭朝搴阰之木蘭　蕈 蕈蹙也　蓽 艸名　○彌弥 民卑切說文弛弓也一曰益也終也亦姓或作弥古作瓕張揖說文三十九　镾 說文夂〔一七四〕長也通作彌　罙宷宷〔一七五〕 說文〔一七六〕用也引詩罙入其阻一曰深也冒也或作罙宷　瞌瞌〔一七七〕 面汙謂之瞌或作瞌　𥉭𥌾眯 眇目也或作𥌾眯　瓕㜷 齊人呼母曰瓕瓕或作㜷　鑈

〔一八〇〕猴　〔一八三〕椵　〔一八四〕牠　箷

〔一七八〕鑈 青州謂鐮爲鑈鑈或作鑈〔一七九〕　𥎞 矛屬　璽𤥭 玉名或作𤥭　𥹉麊 說文潰米也交阯有麊泠縣或作麊　獼猕狝 博雅猱狚獼猚〔一八〇〕也或作猕狝　鸍鴘䧢 鳥名爾雅鸍沈鳧似鴨而小一曰鴘鸍善食蛇或作鴘䧢　𡽙㟜 山形或作㟜　𧅪䕷 艸名或作䕷　〔一八一〕䉲𥳽𥷘籋 說文笭也笭竹箴也或作𥳽𥷘籋　瀰〔一八二〕 渺瀰水皃　檷㭸 檷枸山名或作㭸　迷 惑也　○移𥝌 余支切說文禾相倚移也一曰禾名亦姓或作𥝌文六十八　弛施 改易也或作施　迻拪扡敊 說文遷徙也古作拪或作扡敊通作移　鉹 涼州呼甑爲鉹　栘 說文棠〔一八四〕棣也　椸杝 木名爾雅椵〔一八三〕椸或作杝　匜 盥器　𣚦箷䈕椣牠 方言榻前几趙魏之間謂之椸

〔一八七〕从

〔一八八〕𦽓

〔一八九〕忯

〔一九〇〕者

〔一九一〕㰻

一曰衣架或作箷箟提杝䙨袘〔一八五〕博雅袖也或作袘㶇爔㶇火不絕皃簃〔一八六〕說文閣邊小屋也通作誃謻誃門名一曰臺名或省漇漇埤倉冰室也或從〔一八七〕水㢋𢈞門闕謂之𢈞廖或作𢈞𦽓說文〔一八八〕艸萎𦽓拸博雅加也詑訑謻訑詑詑自得也或作訑謻訑㤼不憂〔一八九〕其事曰㤼𠐓㦢愉動皃通作歋〔一九〇〕歋擨搋說文人相笑相歋瘉或作擨亦省酏𨡕醨酏飲粥稀之清也鄭康成說或作酡醨㰻說文歋〔一九一〕地或書作㰻衺〔一九二〕地名在宋暆說文日行暆暆也樂浪有東暆縣㺇𧲡𤟢獸名似犬赤喙白首見〔一九三〕則荒或作𧲡𤟢蛇虵迆〔一九四〕委蛇委曲自得皃或作虵迆呲㗪嗛食也或作㗪螔螔蝓蟲名䬇回氣謂之䬇乀

〔一九八〕鬟

〔一九九〕枝

〔二〇一〕𣪠

〔二〇二〕𢻱

說文流也貤移也漢書無所流貤應劭讀鄜地名〔一九五〕㐌猗㐌單于名袘衣中謂之袘𡸣山也坨地名閜門臼也眕視也沱〔一九六〕水文𧜎福也佗它佗佗美也或省○訑〔一九七〕香支切言多皃文二吹吹欨欲食也○

祇示翅移切說文地祇提出萬〔一九八〕物者也古作示文四十四祁說文太原縣一曰大也祇鬟裟謂之祇〔一九九〕枝郊岐𡺸說文周文王所封在右扶風美陽中水鄉或从山因岐山以名或作岐𡺸岐一曰旁出道𧺆說文緣大木也一曰行皃跂枝歧說文足多指也或作枝岐伎舒皃詩鹿斯之奔維足伎伎忯說文愛也疧說文病也〔二〇〇〕𣪠〔二〇一〕𢻱〔二〇二〕弜弓彊皃或作𢻱弜𦮼繰鉤也𢻶橫首枝也鼓長鼓國名其人

〔二〇七〕蝨　〔二〇九〕也　〔二一一〕⿰虫夐

髮長於鴝〔二〇二〕汥水都也一曰分流馶馬彊也鴟䧑方言雞陳楚〔二〇三〕宋魏之間謂之鸊鴟或从隹翄翅說文翼也一曰翄翄飛皃或从氏亦書作翅〔二〇四〕鴟鳥似翠赤喙

蚑跂說〔二〇五〕文行也行或作跂蟲蚔蝨說文畫〔二〇六〕也〔二〇七〕或作蝨亦書作蚔軝⿰革氏

軙說文長轂之軝也以朱約之引詩約軝錯衡或作⿰革氏軙芪博雅芪母艸名⿰米氏

⿰米支赤米或从攴支令支縣名在遼西褫爾雅福也枳⿱枝貝爾〔二一〇〕雅枳首

蛇謂有兩首或作⿱枝貝〔二〇八〕忮彊也抵擬〔二〇九〕期剋技不端也○⿱艹陏旬規切藍

蓼秀一曰蔕也一曰地毛莎蓨也文十六⿰阝萑⿰阝隹⿱陏鳥飛也或作⿰阝萑⿰阝隹蠵⿰虫夐〔二一一〕⿰魚嶲

觿水蟲名涪陵郡出大龜甲可以卜緣中文似瑇瑁一名靈蠵司馬相如作⿰虫夐或从魚从角嫢

〔二一四〕隰　〔二一五〕佩角皃　〔二一六〕也

盈姿一曰秦晉謂細胥爲嫢欈埤倉欈〔二一二〕欈木名實可食⿰豸青⿰豸責⿰豸嶲豬〔二一三〕豕小者爲⿰豸青

子或作⿰豸責⿰豸嶲⿰月見規⿰月見面柔畦田有埒堤〔二一四〕隄郡名○隓隓隳

翾規切說文敗城𨸏曰隓徐鍇曰蓋从二左衆力左之或作隓隓亦書作墮俗作墮作隳非是文二十睢

說文仰目也一曰睢盱小人喜悅皃博雅睢睢盱盱元氣也眭眭盱健也⿱隋言說文〔二一六〕相毀

也一曰諉也⿰女嶲愚戇多態觿說文〔二一五〕銳耑可以解結鑴博雅鼎屬一曰日旁氣

蘳果實見皃一曰黃華也⿰忄嶲有二心也隋挼綏祭食也一曰釁薦血或作

挼綏鰖⿰魚薦魚子已生者籀作⿰魚薦撱棄也⿰食兌⿰食嶲小歠也或从嶲鬌髮落

也○闚缺規切說文閃也謂傾頭門中視也文二窺說文小視也通作闚○規

〔二一七〕規　〔二一八〕仩　〔二二三〕倚　〔二二四〕剞

槼均窺切說文有法度也一曰正圓之〔二一八〕器或从木文十四　雉鳺巂子雉鳥名或作〔二一九〕鳺巂　槻木名可作弓一曰樊槻木皮水漬和墨書色不脫　摫方言梁益間裂帛爲衣曰摫　蘇小頭蘇蘇也或書作頮　鬹說文三足釜也有柄喙　嫢細胃也一曰婦人審諦〔二二〇〕皃　瞡瞡瞡自得皃一曰眇視　袿〔二一九〕衣袪也　街都邑中道　珪玉也　○

𦋺羈羈䩭居宜切說文馬絡頭也从网从馬馬馬絆也或从革亦作羈䩭文十九　羇〔二二一〕踦旅寓也或从足　奇倚不耦也〔二二二〕或作倚通作䭲　𧧝語相戲　畸說文殘田也通作奇　㱦棄也俗語謂死曰大㱦　掎偏引也　敧椅以箸取物　或作椅　妓妓娑女容　觭得也周禮觭夢　剞〔二二三〕博雅剞剧刀也　躸一身也

〔二二五〕騏　〔二二六〕鳴〔二二九〕𪗑　〔二三〇〕笑　〔二二七〕羲　〔二三二〕匕　〔二三三〕隙

驥〔二二五〕良馬　○　犧虛宜切說文宗廟之牲也文〔二二八〕三十八　羲〔二二七〕說文气也又姓　戲

嚱〔二二六〕鳴戲嘆辭或从口　䖒戲〔二二九〕相笑也或作戲通作嚱　羛後漢有羛陽聚通作戲

曦曦爔赫曦日光或省亦从火　巇隵墒陒毀也或作隵〔二三一〕巇陒通作巇

㩉㩉博雅擊也或作㩉　䖒說文古陶器也　觛角〔二三一〕上也　櫼蠘樝

蠘檥蠡也或作蠘樝蠘檥　𤬲瓠瓢也　桸獻勺也或作獻　瀸水名

在新豐通作戲　吹欥吹氣逆也　吙吙飲欲食也　𧲉獻豕屬或从犬　虧

虛虧古帝號通作犧　義臺名莊〔二三二〕子義臺　巇巇嶬㕒巇山險或作巇嶬　曦目動

也　𨵦闟〔二三三〕罅壁隙也　○　攲𨇊部奇欹丘奇切說文攲嶇也或作𨇊部

【二三四】攲　【二三五】齧　【二三七】惐　【二三八】軌　【二三九】⿰耳奇　【二四〇】羈　【二四一】又　【二四二】笑

奇欹文二十三 攲【二三四】說文持去也 崎 崎嶇山險 觭 說文角一俛一仰也 齮
齧【二三五】也 踦 說文一足也廣雅脛也 ⿰虫奇 蜘蛛長足者通作踦 婍 說文棄也俗語謂死
曰大踦 ⿰身奇 字林隻也謂一身 徛 說【二三六】文舉脛有渡也 猗 說文虎牙也 ⿰忄奇
憸【二三七】倚偷意 危䠊 器【二三八】名莊子危言日出李軌讀或作䠊通作攲 ⿰耳奇【二三九】側耳也 ⿰扌戲
擊也 ⿰危阝 地名 碕 聚石爲彴通作倚 犄 牛名 ○ 奇 觭 畸 渠羈【二四〇】切說
文異也或作觭畸【二四一】人姓文二十五 蚑 蟲名一曰蟲行也 郊 岐 ⿱枝山 地名或作岐⿱枝山
古書作妑 騎 說文跨馬也 錡 釜屬鑿屬 琦 玉名一曰玩也一曰大皃 碕
曲岸或作埼 鵸 ⿰奇隹 鵸鵌鳥名三首善笑【二四二】或从隹 踦 一足也 弜

【二四四】⿰垂支　【二四五】灡　【二四七】說文　【二四八】柂　【二四九】上　【二五〇】笑　【二五一】宐竩

引彊皃 魌【二四三】鬾 童鬼或从支 崎 崎嶇山險 ⿰朿支 枝 字林橫首枝也一曰木别
生或作枝 跂 ⿰骨支 緩走也【二四四】或从骨 ⿰垂支【二四四】 垂也 刏 割也 ○ 漪 於宜切水波【二四六】爾
雅河水清且灡【二四五】漪文二十一 猗 ⿰豕奇 說文犗犬也或从豕 欹 歎美辭通作猗 ⿰奇頁
【二四七】⿰奇頁 美容也一曰睇皃或作⿰奇頁 稦 䄌 ⿱奇禾 禾茂也或作䄌⿱奇禾 褘 爾雅【二四八】美也 旖
旗旖施也一曰旖旎盛皃 椅 說文梓【二四八】也 檹 ⿰木猗 說文木檹柅也賈侍中說檹即椅木可作
琴或从猗 陭 崎 戲 說文匕【二四九】黨陭氏阪或作崎戲通作猗 ⿸疒奇 身急弱病一曰痤也 犄
牛名 倚 曲也書倚乃身徐邈讀 鵸 山海經翼望【二五〇】山有鳥三首六尾善笑名曰鵸鵌 ○
【二五一】宐 宜 竩 㝖 魚羈切說文所安也亦姓又州名隸作宜古作竩㝖文二十七 儀

〔二五三〕轃

〔二五四〕巉

〔二五五〕齒空

儀容也度也亦姓又州名或从立　騀馬名　檥說文榦〔二五三〕也一曰立木以表物　轙
钀說文車衡載轡者或作钀　鸃說文鵔鸃秦漢之初侍中所冠鵔鸃鷩也似山雞而小
䣡〔二五四〕說文臨淮徐地引春秋傳徐鄬楚　㕒𡾴山峯巉〔二五四〕巖曰厓㕒或作𡾴　厓涯
水邊也亦作涯　崖岸上也　義善也通作儀　獻儀也周禮獻酌鄭司農讀　䏡
度牲體骨曰䏡通作儀　觛獸角曰觛　𩹎魚子　萓萓蒉艸名　議謀度也
崕崎崕石危皃　𪘏𪘙〔二五五〕齒𪘏齒露皃或从空　○爲〔二五六〕𤓰于嬀切說文母猴也
其爲禽好爪爪母猴象也下腹爲母猴形王育曰爪象形也古作𤓰象兩母猴相對形爾雅作造爲也亦
姓文九　潙水名在新陽　𨹎鄬〔二五七〕阪名在鄭或从邑　鰞魚大者曰鰞　撝

〔二五八〕着

〔二五九〕亏

〔二六四〕欲

佐也太玄撝肅　梀策簑也或作策　○麾吁爲切說文旌旗所以指麾通作麾撝文
十　麾戲旗屬周禮建大麾以田或作戲　撝說文裂也一曰手指也　噅廣雅
醜也一曰誧謂之噅　鰞魚名　𨹎鄬說文鄭地阪引春秋傳將會鄭伯于鄬或从邑
韡柔革平均也　𤠯西荒有獸長短如人著〔二五八〕百結敗衣手足虎爪名貘𤠯出舌丈餘食人
腦東方朔說　○匯空爲切水回爲澤也文一　○虧虧驅爲切說文氣〔二六〇〕損也博雅
小〔二五九〕也或从亏文八　𡓇𡒊毀也或从戲通作虧　戲〔二六一〕傾側也　韡柔革平均也
噅醜也一曰口不正　蔿方言楚鄭謂獪曰蔿　○嬀俱爲切說文虞舜居嬀汭
因以爲氏〔二六二〕亦州名文十　鈘器名　潙水名　鄬說文地名一曰阪名　佹〔二六三〕似〔二六四〕欲

〔二六六〕栗　〔二六七〕之　〔二六九〕⿱⺈山　〔二七二〕⿱⺈山

皃列子佹佹成者椅載也攲[二六六]柬廣雅舀也或作柬隗山名巂釜三

足有柄喙○逶蟡[二六七]危切說文逶迆衺去皃或从虫爲文十九委委委行委曲也

頯女隨人也通作委蜲水精也形如蛇紆曲長八尺以名呼之可使取魚通作蟡䬐風緩

倭說文順皃引詩周道倭遲覣說文好視也一曰怒也痿痺也婑

說文病也萎艸木枯死⿰木委⿰耒委田器或从耒⿸鹿委麧[二六八]鹿鄭康成曰今益州有鹿⿸鹿委

一曰鹿之美者⿰犭委犬屬⿰犭委猗⿱夗目字林井無水一曰目無眀諉爾雅諈諉累也謝嶠

讀萎藥艸通作萎⿰足委折足也○危⿱⺈山[二六九]虞爲切說文在高而懼也古从

人在山上文十峗三峗山名在鳥鼠[二七〇]或書作峞通作危⿱⺈山[二七二]㕒說文厜㕒也洈

〔二七三〕郄　〔一〕祇

水名在南郡鄬邑名跪屈郄[二七三]也莊子跪坐以進之恑獨立[二七四]皃僞假也

寪陧寪不安皃○厜才規切爾雅崒者厜㕒郭璞說文三⿱艹隋藍蓼秀一曰莎

也嫢細署也○⿺走支巨爲切㮨升木皃文一○刉紀披切刀取物也文一

○⿱此齒阻宜切齹不齊或書作齜文一

六○脂蒸夷切說文戴角者脂無角者膏亦姓文十八祗祇祬說文敬也古作

祗[一]祬泜水名在常山⿰氵旨水皃一曰水名砥磨石也岻山名衹

衹裯單衣栺指栭謂之柱一曰木名⿱艹泜⿱泜皿⿱艹⿱泜皿菹也或作⿱泜皿⿱艹⿱泜皿鮨說文魚䐶

醬也出蜀中一曰魚名鮪也鴲鳥名說文瞑鴲也一曰大青雀一曰小鳥未翰者祁也

【三】白

【四】鼠

【八】帋

【九】麥

一曰【二】數名爾雅燕有昭余祁蓍蒿類疛積血腫也○隹朱惟切說文鳥之【三】短
尾揔名也文十一鵻鳥名小鳩也一名鳺鴀通作隹騅說文馬蒼黑雜毛亦姓䴧
鹿一歲為䴧𪕬博雅鼠【四】屬方言新野人謂鼠為𪕬或書作鼺萑說文艸多皃一曰艸
名茺蔚也一曰木名似桂一曰枲未漚者椎木名似栗而小或書作奞錐說文銳也崔
高大皃詩南山崔崔揣台擊也老子揣而銳【五】之梁簡文讀鍚小也○尸升脂
切說文陳也【六】象臥之形一曰主也古者祭祀立尸以主神亦姓文七屍說文終主一曰在牀曰屍
通作尸鳲䧔鳲鳩鳥名布穀也或从隹亦書作鳲蓍𦭼說文蒿屬生千歲三百莖【七】
易以為數天子【七】蓍九尺諸侯七尺大夫五尺士三尺古作旹吚呻也○師帋【八】麥【九】

【一〇】四

【一二】衰

【一三】𥞊

【一四】寖

【一六】夊

霜夷切說文二千五百人為師从帀从𠂤𠂤四帀【一〇】眾意也一曰長也範也亦姓古作帋麥文二十溮
水名篩竹名神異經曰長百丈南方以為船𧝒黎𧝒衣破蒒艸【一一】名博物志生扶海
洲上實如大麥一曰自然穀獅狮犬生二子或省通作師鰤魳老魚一說出歷
水食之殺人或省䮑𩧐野馬或省螄蟲名螺也𤦓玉名籭簛竹器【一三】
可以除麤取細或作簛【一五】通作篩𡜊女巫或書作𡝩䲥𩿡鳥名或【一四】省○衰【一二】𥞊
雙隹切寑微也古作𥞊文十榱說文秦名為屋椽周謂之榱齊魯謂之桷𤸭病減也
獕犬名毸縗毿毸毛長皃一曰狐皃或作縗纕鷺首毛𩏘馬垂鞘
夊【一六】行遲皃○雖鴟鵄𨿒稱脂切鳥名說文雖也一曰鳶也或作鴟鵄雖

〔一九〕昏

〔二〇〕尻

文十三　腟胝說文鳥胃一曰腟五藏總名博雅百葉謂之膍腟或从氐　鮔鮭魚名博雅河鮔鮔也或从至　諸訶怒也　逗走皃　䐜張目也　蚳蟗蚳獸名山海經鳧麗山有獸狀如狐九尾九首虎爪食人　昏視也或書作眂　○推川隹切順遷也一曰窮詰文五　蓷艸名茺蔚也　誰就也責也　犨牛名　脽尻也　○誰唯視隹切說文何也或从口文七　謧詑也韓詩室人交徧謧我　脽說文尻也一曰地名祠后土汾脽是也　蓶艸器　厜厜㕒山顛　腄縣名在東萊　○䅗儒隹切說文艸木實䅗䅗也文二十二　蕤苼說文艸木花垂皃一曰蕤賓律名或省　緌綏說文系冠纓也一曰垂也一曰注髦於干首或作綏　桵𣗥木名說文白桵棫或从委

〔二二〕榅　〔二三〕肺　〔二四〕浌澂　〔二五〕北　〔二六〕姊　〔二七〕作　〔二九〕兒　〔三〇〕丫　〔三一〕帷　〔三二〕蘠

葰荾蘺屬或作荽　擩挼捼榅也周禮擩祭以肝肺或作挼捼　捼挼　撋兩手相切摩或作挼撋　浽小雨　稜稜長沙謂禾四把曰稜或作稜　痿說文痺也　踒蹉蹎踒弩名蹎踒兩足蹋也張弩必以足因爲弩名或作蹉　娞女皃　○私相咨切說文禾也北道名禾主人曰私主人爾雅女子謂姊妹之夫曰私文八　厶說文姦衺也韓非曰倉頡造字自營爲厶通作私　[艹私]艸名說文茅秀　[玉厶]說文石之似玉者　錗平木器　禗神不安也　犀獸名　西金方也　○綏宣隹切說文車中把也亦州名文二十　娞安也通作綏　雖帷蟲名說文似蜥蜴而大一曰不定一曰況辭古作帷　葰荾荽芆說文蘠屬可以香口或作荾荽芆　稜禾四把爲稜

〔三四〕夊 〔三五〕神 〔三七〕溦 〔三八〕趀 〔三九〕蒼 〔四一〕覰 〔四二〕盜 〔四四〕睢 〔四五〕蝎 〔四六〕娀姕

睢濉水名在梁郡受汴入泗或从水 夊〔三四〕行遲皃 奞說文鳥張毛羽自奮也 隋挼〔三五〕祭食也或作挼 莎挼莎以手切摩也 陖地名 浽溇〔三六〕雺〔三七〕浽微小雨或作溇雺 眭姓也 ○郪千咨切縣名在廣漢文十九 趀〔三八〕趑說〔四〇〕文〔三九〕倉卒也或从資 趑次䟆𨓍趡說文趑趄行不進也或作次䟆𨓍趡 覰〔四二〕盜視也 〔四三〕屎屒倉頡篇此也或从資 羞𦏁博雅塞也却車抵堂為羞或作𦏁 恣〔四四〕恣雅自得皃 𢫦𢫦也 蠀〔四五〕蟲名蝎化 妻齊也 凄雲興皃 萋萋萋艸盛皃 ○咨諮津私切說文謀事曰咨一曰嗟也或从言文三十七 姕〔四六〕娀姕女容 資說文貨也一曰助也取也亦姓 齎持也戰國策齎盜糧一曰齎咨歎辭 姿說文

集韻卷一

〔四七〕𧞊 〔五〇〕霣 〔五一〕妻 〔五三〕國

態也 餈𩟄稻餅或〔四八〕从齊 粢齋秶齊〔四七〕說文稷也或作齋粢齊 𥁕 璾說文黍稷在器以祀者周禮有玉𥁕或作璾 羞薺實 絘績所緝也 𧞊說文緶也〔四九〕謂裳下緝或書作𧞊通作齊 㳄茨㾅具㳄山名在滎陽或作茨㾅 澬說文久雨涔澬也一曰水名 霣𩅦〔五〇〕說文雨聲或从資 鶿鳥名雛身鼠毛 穦說文積禾也引詩穦之秩秩 呰爾雅此也 次揟次縣名在武威郡 薋艸名博雅苙杭薋一曰菜生水中 媊太〔五二〕白謂之女媊 𧊒蠀蟲名〔五三〕蝎化也或作蠀 𪕾鼱𪕾鼠名如雞 㠿大布曰㠿 鮆魚名列刀也 訾思也 鶿鳥名山海〔五四〕經女祭山有鶿鳥人面 隮陞也 ○崔嶉佳崒陮遵綏〔五五〕切崔崔高大也或作嶉隹

集韻卷一

〔五六〕檮　〔五七〕藜

崔隴文十　誰就也　樵〔五六〕以醻有所檮　䮔馬駒謂之䮔　狋犬怒　摧退也易晉如摧如鄭康成讀　○茨才資切說文以茅葦蓋屋一曰次也次比艸爲之亦姓文二十八　薋說文艸多皃　蠀𧐐𧕎蠀螬蟲名或作𧐐𧕎亦書作蠐　餈餎說文稻餅也或作餎粢粢𩟔　粢粢𩟔　𥢶博雅積也　垐堲說文以土增大道上古从土即引虞書龍朕堲讒說殄行堲疾惡也　瓷𦈐陶器之緻堅者或从缶　澬久雨一曰水名　𩃎醶雨聲或作醶亦書作𩅦　絧補也　輂䡩連車或作輂　鮆魚名鮎也江東語　薺艸名說文蒺藜〔五七〕也引詩牆有薺通作齊茨　餈飫也　懠怒也　齊等也　次疚具次山名或作疚通作茨　○胝疷跃蹟張尼

〔五八〕腄　〔六一〕𨘂　〔六二〕小　〔六三〕止　〔六四〕曰　〔六五〕岻　〔六六〕謘

切說文睡〔五八〕也一曰蘭也或作疷跃蹟文八　秖秜〔五九〕禾始熟曰秖一曰再種〔六一〕或作秜　氐氐池縣名　誺〔六〇〕不知也　○追中葵切說文逐也文四　𨘂博雅雷也　箠竹名　娺疾悍一曰怒也　○絺抽遲切說文細葛也文十一　郗說文周邑也在河內　瓻亦姓　瓻畜瓻瓶也一曰盛酒器古以借書　䈈竹器　辴笑皃　脪肪脪畜水腸　訵陰知伺察也　狶狶韋因氏名官也　屎博雅嚜屎屎欺也　誺不知也　㛷女字　○墀陳尼切說文涂地也引禮〔六二〕天子赤墀或作墀文四十　坻說文从〔六三〕階引詩宛在水中坻或作汝渚坏沶　汝渚坏沶　泜水名在常山　泜說文著上〔六三〕也　阺秦謂陵阪曰〔六四〕阺　岻〔六五〕山名在青州　謘〔六六〕說文語諄謘也　遲

〔六八〕遲 〔六九〕徲
〔七一〕「石」 〔七二〕茋
〔七三〕蚳蟁蝭
〔七四〕貾 〔七五〕穀
〔七六〕靳
〔八〇〕跱
〔八一〕柱

迡遲趆邌〔六七〕說文徐行也引詩行道遲遲遲〔六八〕或作迡遲趆茝〔七〇〕作邌 徲 博雅〔六九〕徲徲往來也一曰久也 彽 彽徊裴回也 菭 水〔七一〕「石」衣 茎茋〔七二〕說文茎藸艸也一曰蘠茎木名今刺榆或从氐 莉 姓也 蚳〔七三〕蟁蝭 蟲名說文螘子蚳周禮有蚳醢或从䖵古作蝭 貾 蟲名爾雅貝餘貾〔七四〕黃質白文通作蚳 祁 地名穀〔七五〕孰有祁亭 稺 幼也一曰自驕矜兒 驪 驪軒〔七六〕縣名在張掖 ⿱艹泜⿱泜皿⿱艹⿱泜皿〔七七〕說文𥁐也或从皿皿器也亦作蘯 蜶〔七八〕蟲名蛭也逸詩佞〔八〇〕人如蜶 軧 車兩尾 ⿰衤屖 衣也 瑑 圭文 屖 跠〔七九〕踞地也或从足 蹃〔八〇〕止不前也 ○椎梎 傳追切說文擊也齊謂之終葵或作梎通作槌文十五 䰎鬌 說文髮隋也或作鬌 槌 蠶曲拄〔八一〕 鎚 金椎一曰權也

〔八二〕頟
〔八四〕蔽 〔八五〕𪎊
〔八七〕迣

錘 說文八銖也 磓 落也 ⿰米追 粉餌也 頧 說〔八二〕文出頟也 ⿰追隹〔八三〕椎頭髻漢尉佗魋結 ⿱追缶甀 罌也或作甀 腄 地名 䯝 項後骨通作椎 ○棃梨 良脂切說文果名或作梨文四十二 ⿱𥝢目 日閉也 ⿱𥝢手 手持物 蔾 蒺蔾艸名 黎〔八五〕𪌉黎麴也 秜 說文稻今年落來年自生謂之秜 黎 黎〔八四〕黼衣敝 犂𤛓𪎊 牛駁文一曰耕也或作𤛓𪎊 ⿰禾离⿰禾禽 種也或作⿰禾禽 鵹〔八六〕鸝䳏 鵹黃鳥名或作鸝䳏 黧 黑而黃 蜊 蛤蜊蟲名海蚌也 蟍〔八七〕𧓍 螇蟿蟲名似蝗大腹長角食蛇腦或从梨 鯬 鯬鯠魚名 刕 姓也蜀刀達之後避難改焉从三刀 鑗⿱𥝢金 黑金也或作⿱𥝢金 ⿱𥝢心悡 說文恨也一曰怠也悅也或省 黎 衆也 菞 地名穆天子傳讀書於菞丘

鄰國名　箣笓箣織竹爲障也　𪍿麥酒也　剓直破也　〔八八〕剺剺
剝也或作剺　𥠖寡婦　𥫱竹名　〔八九〕𥢈小畫也　𥢈引也　〔九〇〕黎黎饘也
或从米　驪騋駃騠獸名似馬或从梨　○纍〔九一〕縲倫追切說文綴得理也一曰大
索一曰不以罪死曰纍或作縲文四十五　絫十黍爲絫一曰十絲　纍縲博雅纍縲絡也
或作縲　虆藟虆蔂蔓也或作藟虆蔂通作纍　蘲蔂盛土籠或作蔂　樏
說文木實也　欙樏說文山行所乘者引虞書予乘四載〔九二〕山行乘欙一曰前無齒或作樏　漯
說文水出鴈門陰館累頭山東入海一曰治水也　㠥嵽壘嵐㟪山皃或作嵽壘
瓃璖玉器或作瓃　傫儽傫博雅傫傫疲也一曰敗也欺也或作儽傫

〔八八〕劙
〔八九〕𥢈
〔九〇〕黎
〔九一〕絫
〔九二〕館

嫘嫘姓也黃帝娶於西陵氏之女是爲嫘祖嫘祖好遠遊死於道後人祀以爲行神或作嫘通
作〔九四〕累　⿰牛纍⿰牛絫累求子牛一曰〔九五〕⿰牛累獿也或作⿰牛絫累　鸓蠝鳥名鼠形飛走且乳之鳥或从
虫亦書作鸓〔九八〕　勵推勉也〔九六〕　耒田器　〔九七〕⿰目纍⿰目累⿰目絫博雅視也或作⿰目累⿰目絫　罍
罍酒器也古作罍　儡勞也　⿰扌絫博雅理也　⿰絫瓦博雅⿰絫瓦〔九九〕甌甄也　壘
廣雅東齊謂磨重也　磥曰磥硊　腂脯也　菓果實垂皃一曰耕多艸　○尼
女夷切說文從後近之徐鍇曰〔一〇〇〕昵也文十八　屔屔山名顏氏禱於屔丘生孔子或从丘通作
尼　怩忸怩心慙也古書作𢘈　呢𠯿呢喃小聲多言也或从貳　跜躨〔一〇一〕跜獸動
皃　䭔餌也　柅絡杙一曰木名實似棃　秜稻再生　蚭蟲名博雅蚰蜒

〔九三〕于
〔九五〕⿰牛累
〔九六〕也
〔九七〕⿰目絫
〔九八〕罍
〔九九〕甌
〔一〇〇〕昵
〔一〇一〕躨

〔一〇二〕旎　〔一〇三〕脂　〔一〇四〕[illegible]　〔一〇五〕夤[illegible]　〔一〇七〕眲　〔一〇八〕彝彝䋾　〔一〇九〕䋾

也方言北燕謂之蛆蚭 貎獸名 [illegible]字林南方雉名 旎旖旎柔弱皃〔一〇二〕 猊〔一〇三〕猗猊物从風皃 妮女字 [illegible]告也 抳研也 ○夷𡰥尼延知切說文平也東方之人也或作𡰥尼古書作夸〔一〇四〕文四十五 侇尸也一曰侇之言移也 銕嵎銕東表之地通作夷𡰥 寅[illegible][illegible]東方之辰古作[illegible][illegible] 〔一〇五〕夤[illegible]恭也籀作[illegible] 陕博雅隇陕險也 〔一〇六〕𢓊說文行平易也 㢲跠博雅蹲㢲踞也或从足 姨說文妻之女弟同出爲姨 恞爾雅恞悅也 眱眲博雅䁸眱〔一〇七〕直視一曰小視也南楚謂眲曰眱古作眲 胂 胰夾脊肉或作胰 洟[illegible]鼻液或从荑 痍說文傷也 〔一〇八〕彝[illegible]䋾[illegible]說文宗廟常器〔一〇九〕也一曰法也古作[illegible]䋾䋾 [illegible]說文木也 桋木名說文赤棟也引詩隰有杞

〔一一〇〕蘠　〔一一一〕白　〔一一五〕廾　〔一一六〕燒　〔一一七〕綱　〔一一八〕遻遻　〔一一九〕鳥

桋 荑艸名爾雅莁荑蔱〔一一〇〕蘠一名曰〔一一一〕蕡 [illegible]艸名菟〔一一二〕[illegible]也 鏔戟無刃 羨沙羨縣名在江夏郡 羠騬羊一曰野羊 鶇鶇鴺鳥名飛〔一一三〕生也通作夷 鮧鱁鮧魚名一曰鹽藏魚腸宋明帝蜜漬鱁鮧一食數升 蛦[illegible]〔一一四〕蛦蟲名 騠馬名 [illegible]雷也 咦說文南陽謂大呼曰咦 螔螔蝓〔一一五〕蟲名蝸也 [illegible]火〔一一六〕皃 [illegible]船名 [illegible]獸名 [illegible]韋也 ○惟夷隹切說文凡思也一曰謀也一曰語辭文十六 維說文車蓋維也一曰〔一一七〕綱也繫也隅也 唯專辭 [illegible]旌謂之[illegible] [illegible]衣也 遺遻遻〔一一八〕說文亡也一曰贈也餘也亦姓古作遻遻 濰說文水出琅邪箕屋山東入海徐州浸夏書濰淄其道 壝堳埒也 [illegible]目疾 [illegible]菜名似〔一一九〕鳥韭而黃 琟說文石之似玉者 蟦蜰〔一二〇〕蟦

【一二一】誰「就也」

【一二二】𠥓

【一二三】忔也

【一二四】恣

【一二五】欸

【一二六】侯

蛇名山海經泰華山有蛇六足四翼見則天下旱䍁蠻夷貨誰【一二一】就也○帷𠥓于龜切說文在旁曰帷一曰圍也所以自圍障古作𠥓【一二二】文二○咦馨夷切博雅笑也一曰呼也一曰南陽謂失笑爲咦文十一咥大笑也忔【一二三】廣雅喜皃脥雎也吚欥訑脥屎欸欸說文唸吚呻也或作欥訑脥屎欸欸○倠呼維切說文仳倠醜面文七婎嫢說文姿婎姿【一二四】也一曰醜也或作嫢睢眭說文卬目也一曰睢睢元氣皃或作眭屎殿屎呻吟也奞鳥振羽○伊𠒻【一二五】於夷切說文【一二六】殷聖人阿衡尹治天下者一曰伊維侯也又姓亦州名古作𠒻文十三洢水名在河南陸渾山入河通作伊咿吚喔咿強笑或省蛜蛜蟲名說文蛜威委黍委黍鼠婦也或

【一二九】罩　【一三一】龜

【一三二】肩

【一三四】膗

从伊黟【一二七】黝黟縣名在丹陽一曰黑木或作黝黟頙面不正嫛嫛婗小兒𡛖女字○狋牛肌【一二八】切說文犬怒皃一曰犬難附代郡有狋氏縣文二䈜大篪也○飢𩚵饑居狋切說文餓也亦姓或从乏从幾文六肌說文肉也机木名似榆山海經單【一二九】狐之山多机木可燒以糞田虮蟲名爾雅蜜虮【一三〇】繼英通作飢○龜【一三一】𪚦居【一三二】逵切說文舊也外骨內肉者也天地之性廣肩無雄龜鼈之類以【一三三】巟爲雄一曰畜背隆處古作𪚦文八跰脛肉也一曰曲脛【一三六】螝螝蠶蛹也或作螝騩馬淺黑色頄膗【一三四】骨也鱖【一三五】魚名○耆耆渠伊切說文老也一曰至也至於老境一曰癥耆或省文十九愭畏也敬也𧢄【一三七】䁯博雅視也或从目䛮廣雅怒也鰭魚脊上骨

〔一三九〕阢　〔一四〇〕也　〔一四一〕楑　椎　〔一四二〕之　〔一四三〕⿰葵鳥

禮羞濡魚者夏右鰭　鬐馬項鬣　鮨⿰魚祁䱐鮓屬爾雅魚謂之鮨或从祁从示　鰭
⿰禾耆麥下種也或从禾　⿰金耆軸耑鐵　祁說文太原縣一曰盛也亦姓　帆〔一三八〕
〔一三九〕阢飢伊帆古天子號亦地名或作阢飢通作耆　⿸耆毛毛文會也　○〔一四〇〕踶徒祁切蹋
也莊子怒則分背相踶文一　○𦳝葵渠惟切說文菜也隸作葵文十四　楑〔一四一〕博雅楑楑
推也一曰度也通作揆　⿰忄癸方言悸也　⿰月癸臞⿰月癸醜皃　鄈說文河〔一四二〕東臨汾地即漢所
祭后土處通作葵　⿰葵鳥⿰癸鳥⿰癸隹鳥名方言鳩〔一四三〕秦漢之間其小者謂之⿰癸鳥鳩或作⿰癸鳥雞　⿰魚癸
魚名　⿰虫癸蟲名　⿰亻癸左右視謂之⿰亻癸　⿱竹癸竹名　⿰犭癸壯勇皃　○馗逵
壇渠龜切說文九達道也似龜背故謂之馗馗高也或作逵壇一曰中馗菌也鍾馗神物也文二

〔一四四〕夔　〔一四五〕⿱頁殳　〔一四七〕凋制　〔一四八〕頯　〔一四九〕⿱隹癸　〔一五〇〕鳩　〔一五一〕衰

十五　夔〔一四四〕獸名說文神魖也如龍一足象有角手人面之形一曰夔夔悚懼皃亦州名俗作⿱頁殳〔一四五〕非是
騤說文馬行威儀〔一四六〕引詩四牡騤騤　⿰木夔牛名山海經岷山多〔一四七〕⿰木夔牛　戣鍨兵也說文
引禮侍臣執戣立于東垂或从金　⿱癸廾說文持弩拊也　頯〔一四八〕頄頰骨說文權也一曰厚也
或作頄　⿰月癸博雅臞⿰月癸醜也　⿰亻癸左右視也　⿱隹癸〔一四九〕博雅眷⿱隹癸顧也　⿰歸見說文注目
視也　⿰亻歸方言使也　躨躨跜動皃　蘷菜名　⿰足⿱癸廾⿰足癸說文脛肉也一曰曲脛或
从癸　艽遠荒也　⿰忄癸悸也　鄈地名　⿰山夔闕人名　⿰癸鳥小鳥〔一五〇〕　○巋
丘追切爾雅山小而衆巋文六　蘬⿱艹揆艸名爾雅紅龍古其大者蘬或作⿱艹揆　⿰歸見注目視
⿰亻歸使也　衰〔一五一〕減也　○紕⿰糸坒篇夷切繒欲壞或作⿰糸坒文十六　⿰言坒⿰忄坒錯繆

〔一五二〕喍 〔一五三〕虺 〔一五四〕西 〔一五五〕髮 〔一五六〕鬣 〔一五八〕楊 〔一五九〕𩇯

也或从心通作紕 惃性之惡者 佌佌倠醜也 𣬈器破也 𣬉𣬉敝星欲
壞 疕頭瘍 跐鍾形下廣也 諀啤吡聲或从口 訛博雅具也 𥪂
短皃 𣢉氣出聲 嚛〔一五二〕嚛哯口皃 ○丕㔻攀悲切說文大也或从十亦姓文二
十七 邳說文奚仲之後昜左相仲虺〔一五三〕所封國在魯薛縣 伾說文有力也引詩以車伾伾一
曰衆也 䫠大而〔一五四〕謂之䫠 𩒎頿〔一五五〕說文短須皃或从丕 䰨髟〔一五六〕猛獸奮鬣皃一
曰被髮走 岯〔一五七〕坯𩚁山再成曰岯一曰山一成或作坯𩚁 怌恐懼也禓〔一五八〕子柔則怌 秠
說文一稃二米引詩維秬維秠天賜后稷之嘉穀也 駓𩢽說文黃馬白毛也或从㔻 豾
狉貍子曰豾或从犬 𩇯〔一五九〕鳥名一曰別也 魾魚名說文大鱯也 鴀鳥名

〔一六〇〕嚭 〔一六一〕琵卻琶 〔一六二〕罷 〔一六三〕篦 〔一六四〕也 〔一六五〕舭

鉟靈姑鉟旗名 旇麾謂之旇 秛禾租曰秛 𤱽耕也 苤艸木花盛
皃 抷披也 嚭〔一六〇〕字林大也 ○悲逋眉切說文痛也文三 丕大也 斐
姓也 ○毘毗頻脂切說文人臍也从囟囟取氣通也一曰明也輔也厚也隸作毗或書作毘文五
十一 惃〔一六一〕性惡也 比和也一曰相次也 琵批琵琶胡樂胡人馬上所鼓推手
前曰批引手後曰把或从手 𪍑䴽𪍑䴵麴也或省 枇說文枇杷木也 㮰說文
梠也〔一六四〕 笓篦罷〔一六二〕取鰕具博雅篳〔一六三〕笭謂之笓或作篦罷 㮰木名可爲車轂〔一六五〕 芘說文
艸名通作蚍 蓖艸名說文蔦也 仳博雅仳倠醜也 𨈏𨉖𨉌骿𨈏體柔或作
𨉖𨉌通作毗 貔豼𤝟說文豹屬出貉國引詩獻其貔皮或省亦从犬 膍肶說文

牛百葉也一曰鳥膍胵或从比　鵧　鵧鷑鳥名鳴自呼　魮鰓　魚名山海經文魮其狀如
覆銚鳥首而魚尾是生珠玉或作鰓　𧕴蚍螕　蟲名說文𧕴蜉大螘也或作蚍螕　沘
水名出盧江天柱山[一七七]　阰隗　山名楚詞朝搴阰之木蘭或作隗　緦　細布　鈚鎞
錍　犂錧也一曰箭名或作鎞錍　魾鮃　魚名魴也或作鮃　揌　博雅轉也　幒　帷也
紕　邊飾謂之紕　剕　斫也　砒　石藥　毴　氏罽也通作紕　媲　女字　秕
粃　穀不成也或从米　螕　蟲名　庀　地名　○邳　貧悲切國名在魯薛縣亦姓文
一十五　岯阫　大岯山名一曰山一成或作阫　坯坏　瓦未燒或从不　伾伓
衆也一曰大力或作伓　䫊顊　短須髮皃或省　駓騂　馬駁色爾雅黃白雜毛駓或从

[一六九]雅　[一七〇]脽　[一七一]大　[一七二]之間　[一七三]罘　[一七四]兎　[一七五]媚　[一七六]艸　[一七七]猸　[一七八]櫋　[一八〇]櫰

[一六八]丕　鮬　魚名爾雅[一六九]鱊鮬鱖鮬施乾讀　鴀　鳥名山海經[一七〇]鍾山欽䲹化為大鶚狀如鵰音如晨鵠
魾　魚名[一七一]鱯也　鉟　靈姑鉟旗名　鵧　鵧鷑小鳥名　豾貔狉　貔也方言
北燕朝鮮謂之[一七二]豾或作貔狉　駓　馬走也　伾　走皃　[一七三]嚭罘　兎罔也或省　髬
被髮走或从丕　○睂眉　旻[一七五]悲切說文目上毛也一曰媚也隸作眉通作麋文二十
五　嵋　山名在蜀　湄潣瀓𤄹濂　說文水艸[一七六]交為湄或作潣瀓𤄹濂　溦
谷與瀆通也爾雅谷者溦通作湄　猸[一七七]　獸名　鶥　鶥鶥鳥名通作麋　楣　說文秦[一七八]名屋櫋
聯也齊謂之檐楚謂之梠　葿薇　艸名博雅菋葿黃[一七九]文內虛或作薇　篃　竹名江漢間謂
之箭竿一尺數節葉大如扇可以衣蓬　䉋箃　竹名或作箃　櫰[一八〇]　水中芰也爾雅蔆蕨

〔一二〕屎

〔一三〕任　〔一四〕雖　〔一五〕○〔一六〕婁

〔二〕屮

〔三〕菑

櫟　覹𥌊博雅覗也或从目　黴黴説文物中久雨青黑一曰敗也或省　麋説文鹿屬冬至解其角亦姓　郿説文右扶風縣　堳壇埒　瑂説文石之似玉　墨墨屎〔一二〕默詐皃　蘪蘪蕪香艸　媚順也　䵢䵢金飾馬耳或作䵢　糜赤苗一曰麋　虌艸名　麋麋分也或〔一四〕作麋　○遲〔一三〕〔一五〕〔一六〕特〔二〕夷切闕人名遲任古賢人書遲任有言文一　○洼烏雖切方言〔二〕涍也文一　㛗聚惟切細胥也文一

七　○之屮〔二〕眞而切説文出也象艸過〔二〕枝莖益大有所之一者地也一曰適也辭也亦姓隸作之古作㞢文六　芝説文神艸也　䢃到也　栺木名　○菑〔三〕甾莊持切説文不耕田引易不菑畬徐鍇曰从艸巛田田不耕則艸塞之或省俗作葘非是文二十四　緇

〔四〕甾由

〔五〕有　〔六〕色

〔八〕鶅

〔九〕縣

〔二〕粲　〔三〕沫

𢦔𥞑䅔博雅耕也或作載𢦔𥞑䅔通作菑　甾〔四〕甶説文東楚名缶〔五〕曰甾古作甶　菑〔六〕山名漢泰山郡在菑山亦姓　緇紂純説文帛黑也周禮七入爲緇或作紂純　輜説文軿車前衣車後也字林載衣物車前後皆蔽若今庫車　錙説文六銖也一曰八兩曰錙　椔爾〔七〕雅木立死椔通作甾　淄水名出泰山梁父縣亦州名俗作澅非是　鶅鶅〔八〕爾雅雉東方曰鶅或从隹　鄑鄉名　錙鐘名　䵵手足膚黑　鯔魚名　甾甾嶷不齊皃　○詩訨申之切説文志也一曰承也持也古作訨文六　邿説文附庸國在東平亢父縣〔九〕邿亭引春〔一〇〕秋傳取邿　齝䶖呞爾雅牛曰齝吐而噍也或作䶖呞　○眣𥇍升基切以目通指也春秋傳眣魯衛之使或从矢文三　粢〔二〕沫〔三〕也　○蚩充之

[一二]翡 [一四]訾
[一五]綸 [一六]漦
[一七]又 [一八]颸
[二〇]甾
[二一]持

切說文蟲也一曰蚩蚩敦厚皃文十八 妛嫐侮也癡也或作嫐通作蚩 嗤歗[一二]笑也或作歗 翡[一三]翡翡羽翼盛也 訾告也 [illegible]齝齝食已復出嚼也或作齝齝 [illegible]目汁凝也 饎酒食也 祁祁祁衆多也[一四] [illegible][一五]繒屬 漦[一六]流涎也 [illegible]地名 [illegible]竹名 猚獶猚犬也 ○輜[一七]又緇切輧車文五 颸[一八]颸博雅風也一曰颸疾也或[一九]从[二〇]甾 [illegible]也 緦十五升布也 ○[二一]時旹市之切說文四時也一曰伺也一曰是也古作旹亦姓[二二]文十九 塒說文雞栖垣爲塒今寒鄉穿墻棲雞通作時 榯木立皃一曰落榯持門樞 蒔艸名 鰣鯡魚名魚之美者或省 鮨蜀以魚爲醬曰鮨 鼭爾雅鼠名 溡水名在齊通作時 [illegible][illegible]博雅視也或从目 示姓也晉有示眯

[二三]朱 [二五]漦
[二六]髵 [二七]髡
[二九]孰 [三〇]胹

明 諸博雅怒也 提朱[二三]提縣名在犍爲 翡翤說文飛盛皃[二四]或作翤 㖷[二五]鳴也 稽種也 ○茬荏仕之切說文艸皃濟北有茬平縣或从仕文二 ○漦俟甾切說文順流也一曰水名一曰盞也一曰次流出皃文二 犻犻豬獸角皃一曰不平皃 ○而人之切說文頰毛也引周禮作其鱗之而一曰語辭一[二七]曰汝也如也文四十一 髵髶髵獸作髵皃[二八] 耏耐罪不至髡也或从寸應劭曰輕罪不至于髡完其耏鬢法度字宜从寸耏一曰姓也 [illegible][二九]咡吻也或从耳 誀誘也 洏說文洝也一曰連洏流涕皃 胹 腝臑[illegible][illegible]說文[三〇]爛也方言秦晉之郊謂孰曰胹或作腝臑[illegible][illegible] [illegible][三一]摩丸之孰也 陑隭地名湯伐桀所升在河曲南或作隭 峏山名 荋說文艸多葉皃沛城父有楊荋

【三二】楶　【三四】亨　【四〇】颸

亭栭說文屋枅上標引爾雅栭謂之檽【三二】檽㮕【三三】木名一曰木栮或从耎㼢瓦也輀轜輭說文喪車也或作轜輭軔礙車鴯⿰而隹鳥名燕也莊子鳥莫智於鷾鴯或从隹鮞說文魚子也一曰魚之美者東海之鮞濡水名在河間春秋傳盟于濡上一曰亨【三四】內和湆眲聏和也調也或作聏袻裝也⿰女而女字侕眾多皃

⿰木乃木名⿰言乃厚也仍因也關中語艿艸名杒小車檕陾【三五】陾陾築【三六】牆聲○思恖【三七】⿱囟甘⿱囟㔾【三八】新茲切說【三九】文容也一曰念也一曰于思多鬚皃古作恖⿱囟甘文三十偲愢切切偲偲相切責也或作愢颸【四〇】罳⿱罳亘博雅罘罳謂之屏釋名罘罳在門外罘復也罳思也臣將入請事於此復重思之籀作⿱罳亘緦⿱囟糸說文十五升布也一曰兩麻一

【四一】兹　【四三】⿱絲兒　【四四】孳　【四六】滋

絲布也古作⿱囟糸⿱竹思竹名有毒傷人即死生海畔有毛楒相楒木名通作思禗神不安欲去意⿰馬思馬名絲糸說文蠶所吐也或省鷥鷺鷥鳥名司說文臣司事於外者與后相反一曰后道寬惠司家褊急違於君也亦姓伺候也察也覗⿰目司博雅視也一曰竊見或从目⿲犭司犬說文司空也復說獄司空一曰辯獄相察笥竹器䚡角中骨曰䚡⿲犭思犬艸名泀水名蕬菟蕬藥艸媤⿰女司女字或从司○兹

丝津之切說文黑也引春秋傳何故使吾水茲【四一】一曰蓐也此也亦姓古【四三】作丝文二十四⿰黑兹深黑色孜說文汲汲也引周【四二】書孜孜無怠孳⿱絲兒說文汲汲生也籀作⿱絲兒孖【四五】一產二子通作孳【四四】芓艸名若【四六】也⿱丝木欂櫨也仔說文克也一曰仔肩任也滋

〔四七〕兹　〔四八〕鉏　〔四九〕笑　〔五一〕鮰　〔五二〕壐　〔五三〕而言　〔五四〕辭　〔五五〕辛

滋𣹓說文益也一曰滋水出牛飲山白陘谷東入呼沱一曰蕃也旨也古作滋𣹓䅨禾生皃一曰蒔也茲〔四七〕說文艸木多益嵫〔四八〕崦嵫山名日所入處鼒說文鼎之圜掩上者引詩鼐鼎及鼒通作鎡鎡鎡錤鉏也通作〔五〇〕鎡嗞說文嗟也廣雅嗞听笑〔四九〕也一曰啼不止鰦〔五一〕魚名爾雅鮰黑鰦耔䆐禾根也詩或耘或耔沇重讀通作芓字養也鄭康成曰小國貢輕字之也𤲸地名或書作菑鷀鸕鷀鳥名○詞詳茲切說文意內〔五三〕外古作司或書作𧮫文十三辭𤕰𤔲〔五四〕說文訟也从〔五五〕𤔲𤔲猶理辜也𤔲理也籀从司古作𤔲通作辤辤辝說文不受也从辛从受受辛宜辤之籀从台俗从舌非是祠說文春祭曰祠品物少多文詞也仲春之月祠不用犧牲用圭璧及皮幣柌枱鈶檗

〔五六〕慈　〔五七〕鷀　〔五八〕湉媿　〔六〇〕漦　〔六一〕𥣬

博雅柄也或作枱鈶檗絧博雅補也○慈〔五六〕㤵牆之切說文愛也亦州名或作㤵文十五礠磁石名可以引鍼又州名或省鶿〔五七〕鷀鷥鳥名說文鸕鷀也或作鷀鷥嗞〔五八〕澘嗞愧皃濨滋〔五九〕水名在定州旱則竭或从兹茲龜茲西域國名吡無食齒水腸謂之齒𥫶竹名嬨女字○癡𢡐偍超之切說文不慧也或作𢡐偍文十一痴痴㾀不達皃笞抬說文擊也或从手齝說文吐而噍也引爾雅牛曰齝或从司从口漦〔六〇〕博雅盪也一曰龍吐沫𢹎〔六一〕𢹎里地名在秦○治澄之切說文水出東萊曲城陽丘山南入海文十一乿𦝫𢻱理也或作𦝫𢻱通作治耛耘耛除艸持說文握也莉姓也箈𥳑箭萌

〔六二〕釐 〔六三〕斄 〔六四〕犛 〔六五〕豪
〔六六〕鬏 〔六九〕賚
〔七一〕潁
〔七三〕𡕳

一曰水中魚衣或从怠 菭 菭藺艸名通作治 荎 艸名著也 ○〔六二〕釐𨤲 陵之切說文家福也一曰理也或作𨤲文四十三 斄〔六三〕 坼也 氂 說文氂〔六四〕牛尾也一曰十毫〔六五〕曰氂 斄庲 鄉名古省 𣭵〔六六〕𦀗 彊曲毛可以箸起衣或作𦀗 棶〔六七〕麳 麥也或从麥 鬏〔六八〕 髮鬏髮起皃 來倈 至也或作倈 賚〔六九〕 賜也 艃 博雅艃舟也 𪍋 說文〔七〇〕無夫也 孷孷 方言陳楚之間凡人嘼乳而雙產謂之〔七一〕孷孷或省 慗 〔七二〕𢟤憂皃楚潁間語 𧨲 罵也 𤸣 病也 𢄙 斷繒也 剺𠢶 說文剝也劃〔七四〕也或从廾 𡕳 說文引也 𡕳〔七三〕 說文微畫也 犛 牛名黑色出西南徼外張揖說 貍狸𧳋猍 說文伏獸似貙或作狸𧳋猍 蘺 塞也 𦼘 豆名可食 梩 臿也司馬法周輜輦載梩 菫 說文

〔七五〕𥳑 〔七六〕蔾
〔七七〕斄 〔七八〕鯬
〔八〇〕鰲 〔八一〕匝
〔八三〕巡
〔八四〕貽 〔八五〕巸 〔八六〕也
〔八七〕枢

艸也一曰羊蹄 箣 竹名出廣州西南 𥳑〔七五〕 笊𥳑竹杓 蔾〔七六〕 爾雅〔七九〕藍也 浬 泥浬 波斯茴長名 斄〔七七〕 木名條可為大索 鯬〔七八〕 魚名 𧃨〔八〇〕萊 艸名夫須也或作萊〔八一〕 ○ 飴𩟔𩚹𩜞飤以粭〔八二〕 盈之切說文米糱煎也一曰濡弱者為飴或作𩟔𩚹𩜞飤粭文四十六 𦣝 頤𩠗 說文顄也或作頤𩠗 宧 說文養也室之東北隅食所居李巡〔八三〕曰東北陽氣始起育養萬物故曰宧 脭 豕脾息肉 台 說文悅也一曰我也 眙 盱眙地名通作台 怡 說文和也亦姓 媐 樂也 貽 黑貝也 遺〔八六〕 與也〔八四〕通作貽 詒𧩹 說文相欺詒也一曰遺也或从巸〔八五〕通作貽 异 發歎一曰己也舉也 巸𣢑戺 說文廣𦣝〔八七〕也一曰長也美也或从欠古从户 弫 弓名 𣏭𣐃 博雅㳷斗謂之𣐃所以抒水或从𦣝通作枱 洍

〔八九〕珆
〔九二〕魠
〔九三〕軌
〔九五〕卒
〔九六〕大

江水决復入爲洍　洍水名　圯說文東楚謂橋爲圯〔九〇〕　枱鈶檗耛說文耒耑也或作鈶檗耛　瓵說文甌瓿謂之瓵　甌博雅甌〔九〇〕甌瓿也　治水名出鴈門累頭山東至泉州入海　珁珆〔八九〕說文石之似玉者一曰五〔九一〕色玉或从台　鮔魚名博雅鯸鮔魠〔九二〕也背青腹白觸物　即怒其肝殺人　姬妃〔九二〕姫衆妾總稱或作妃姫　熙闕人名春秋傳鄭有公子熙　狶狶韋〔九三〕大史官名李軌說　鮐〔九四〕魚名爾雅鮐背壽也　怠懈也　忯忯忯和適也　○僖虛其切說文樂也亦姓文三十五〔九五〕　嬉博雅戲也通作娭　媐巸說文說樂也或省　歖歖憘說文卒喜也或从喜从心　欸咥改說文欸欸戲笑皃或作咥改　嘻敕也一曰有所多大〔九六〕之聲周頌有噫嘻　譆痛也　誒唉說文可惡之辭

〔九七〕炙
〔九八〕孷
〔九九〕支
〔一〇〇〕執
〔一〇一〕坼
〔一〇二〕蒸
〔一〇三〕耒
〔一〇四〕婢
〔一〇五〕詆
〔一〇六〕蘖

一曰誒然引春秋傳誒誒出出或作唉　禧釐說文禮吉也一曰福〔九七〕也或作釐　熙㷩說文燥也一曰廣也和也古作㷩　熹暿說文炙也一曰熾也或作暿亦書作嬉　𤇺火盛皃　瞦說文目童子精也　娭𡟱婦人賤稱或从熙　孷〔九八〕說文坼也从支〔九九〕从厂厂〔一〇〇〕性坼果熟〔一〇一〕有味亦坼故謂之孷　訢烝〔一〇二〕也　喜耒〔一〇三〕喜有施氏女名通作嬉　昕旦明日將出也　欷呻吟也　黖黑也　咦呼也　饎糦𩜁酒食曰饎或作糦𩜁　狶豕也　○欺倛丘其切說文詐欺也或作倛文十七　諆說文欺也一曰謀也　娸婢〔一〇四〕說文〔一〇六〕姓一曰詆〔一〇五〕娸漢書娸蘖其短或作婢　䫏魌說文醜也今逐疫有䫏頭䫏頭方相也或作魌通作䫏　𩓐大頭也一曰頭不正　僛𠑾說文醉舞皃引詩屢舞僛

〔一八〕𣅀作 〔一九〕始

〔二一〕匱

〔二二〕梁

僛不能自正也或作僛 䶞䶵 博雅齧也或从奇 䥍〔二〇〕 廣雅多也 鵋鶀 鳥名今江東呼鵂鶹爲鵋鶀或作鵋 亟 屢也 抾 兩手挹也 ○姬 居之切說文黃帝居姬水以爲姓一曰妾稱文四十三 稘𣅀𣎆㫷朞 說文復其時也引虞書稘三百有六旬古作𣅀〔一八〕𣎆稘㫷或作朞亦〔二〇〕書期 基坖 說文牆也〔一九〕一曰始也本也古作坖 箕甘笄𡕝〔二一〕𠙽𠀠匴𠀠𦋬 說文簸也一曰星名亦姓古作甘笄𡕝𠙽籀作𠀠匴或作𠀠𦋬 丌 說文下基也薦物之丌象形 其 不其邑名在琅邪亦姓 居 語助通作其 諅 忌也 諆謀 謀也一曰欺也或从基通作基 萁 〔二二〕鄉其梁也 簊 說文取蟣比也 璂 石之次玉者一曰五色石 錤 鎡錤鉏也通作其 踑 踞也通作

〔二三〕蓁 〔二五〕姿 〔二六〕𧭁 〔二八〕子 矢

箕 藄𦿀𦺻 艸名博雅藄蓁蕨也或从基从綦 棋櫀 根柢也或从箕 𠥱 然也 畁 舉出之 踑跡 跡也古从亓 惎 毒也意也 𢍁 疾恚也 〔二四〕祺 禥祈 吉也籀从基古作祈 ○醫毉 於其切〔二五〕說文治病工也殹惡姿也醫之性然得酒而使从酉王育說一曰殹病聲酒所以治病也周禮有醫酒古者巫彭初作醫或从巫俗作醫非是文十七 欸唉 方言欸譽然也或从口〔二六〕 瘶 痛劇聲一曰羸也 譩 忿也傷〔二七〕 噫 億意嘻譆懿𧭁憙 恨聲或作億意嘻譆懿譩古作憙 㥶 博雅審也 𡃂 噫嘘開口笑也 偯 痛聲 ○疑儗 〔二八〕魚其切說文惑也从子止匕矢聲或作儗文十二 𠤕𠰎 說文未定也或作㰳亦書作矣 嶷 說文九嶷山舜所葬在零陵營道 𩬜

〔一一九〕礙「礙礭青石」

〔一二一〕呑

〔一二三〕基

〔一二五〕⿱亓糸

〔一二六〕綿

〔一二八〕爾

角利皃楚辭其角鬐鬐 雉 鳥名 黎 爾雅盠也 礙〔一一九〕 礙礭青石 听 听嗞口開

皃 菥 艸名一曰艸多皃 徽〔一二〇〕 徽徽狐貍聲 ○其丌亓 渠之切辭也豈

也亦姓古作丌亓文五十七 期呑〔一二一〕朞 說文會也一曰限也要也或作呑朞 基 本也

⿱艹基⿱艹朞⿰木⿱艹基 說文博棊或作⿱艹朞⿰木⿱艹基通作棋 旗 〔一二二〕說文熊旗五斿以象罰星士卒以爲期引

周禮䢅都建旗亦姓 琪 玉屬爾雅東方之美者有醫無閭之珣玗琪焉或書作基〔一二三〕 ⿰王⿱艹基璂

說文弁飾往〔一二四〕往冒玉也或从基 ⿰糸畀綦帺⿱亓糸〔一二五〕 說文〔一二六〕帛蒼艾色引詩縞衣綦巾未嫁女所

服一曰不借⿰糸畀亦姓或作綦帺古作⿱亓糸或書作綨紤 粸䴎 餅屬或从麥 萁〔一二八〕諆稘

⿱艹亓 說文豆莖也〔一二七〕或从豆从禾古作⿱艹亓 ⿱艹綦⿱艹基 艸名說文藄月也郭璞曰似蕨可食或作

〔一二九〕水

〔一三一〕或

〔一三二〕从基

〔一三三〕麋

〔一三四〕鵋

⿱艹基 蘄 說文艸也江〔一二九〕夏有蘄春亭一曰木名亦姓 錤 鎡錤鉏名 〔一三一〕諆 淮南祈雨土偶

人曰俱 惎 心有所繫也 淇 說文〔一三〇〕水出河内共北山東入河一曰出隆慮西山 祺

禥⿰礻亓 說文〔一三二〕吉也一曰祥也籒从基古作⿰礻亓 ⿰齒其⿰齒亓 齧也古作⿰齒亓 畀 舉也 掑

拎棋堅勇也或書作⿱其手 踑 馴跡也 ⿰舟其⿰舟基⿰舟亓 博雅⿰舟其艃舟也或从基从亓 麒

說文仁獸也麋〔一三三〕身牛尾一角通作畀 騏⿰馬亓 說文馬青驪文如博棊也古作⿰馬亓 ⿰其鳥⿰其隹

鵋〔一三四〕鵙鳥名一曰小鴈或从隹 蜞 蟲名水蛭也通作⿱基虫 鯕⿰魚亓 說文魚名或从亓 ⿱基虫

彭⿱基虫蟲名似蟹而〔一三六〕小不可食蔡謨渡江〔一三五〕不識噉之幾死歎曰爲勸學所誤 倛 万倛虜姓 ⿰基力

耄⿰基力老稱也通作期 諆 謀也 潨 水名山海經沮〔一三七〕洳之山潨水出焉 棋 木根也

【二】[illegible]　【三】微

【四】乜

猉汝南謂犬子爲猉

八○微衜無非切說文隱行也引春秋傳白公其徒微之亦姓或作衜文十六𢼸說文妙也徐鉉曰从耑省耑物初生之題尚微也通作微癓足瘡也通作微薇𧀄說文菜也似藿籒省䉠[illegible]說文竹也籒省鐖鉤也方言自關而西謂之鐖[illegible]矀說文伺也或从目[illegible]溦霺說文小雨也或作溦【二】霺【三】微賤也或引虞書舜側微

磇磦磇磨也齊人語○霏𩅦芳微切雺也詩雨雪霏霏或从飛文十五菲艸名芴也一曰艸茂皃馡廣雅馡馡香也通作【四】[illegible]妃婓說文匹也一曰嘉偶曰妃或作婓婓說文往來婓婓皃一曰醜皃列仙傳江婓二女或書作婔裶裶裶衣長皃

【六】[illegible]　【七】[illegible]　【八】斐　【九】書

【一〇】户　【一一】絳

【一二】飛

【一三】飛衛　【一四】勞

【一五】裵

【一六】肥

騑[illegible]【五】匪騑騑馬行不止皃或从斐亦作匪[illegible]說文大目也毴毛紛紛也

昲曊方言昲曬乾物也或从費○非匪微切說文違也从飛下𦐇取其相背又姓文二十誹謗言也斐棐【七】姓也春秋傳晉有斐【八】豹或【九】書作斐扉說文【一〇】扇也一曰以木曰扉以葦曰扇緋絳【一一】色一曰赤練餥爾雅餥餱食也方言陳楚之間相謁而食麥饘謂之餥

飛𩙲【一二】說文鳥翥古作飛通作蜚騑說文驂旁馬騛說文馬逸足也【一三】司馬法騛衛斯輿𤛆獸名如牛白首一目𩹉鯡魚【一四】名似鮒出澇水或从非毴說文毛紛紛也裶長衣皃𣯷細毛爲𣯷裴【一五】即裴漢侯國名馡香也蜚蟲名○肥【一六】符非切說文多肉也徐鉉曰肉不可過多故从卩亦姓文十八腓說文脛腨

〔一九〕滑

〔二〇〕⿱幾皿

也一曰病也萉避也幽通賦安慆慆而不萉通作腓淝水名出九江山入淮一曰所出同所歸異曰淝泉裴棐即裴漢侯國在魏郡或从木賁姓也蜚山海經揄次山有鳥狀如梟人面一足名曰橐蜚冬見夏蟄服之不畏雷蜰蟲名說文盧蜰也蟦虫名出北海水上狀如凝脂一曰水母也蟦蠐也⿱竹肥竹名痱⿸疒肥風病一曰小腫或从肥扉隱也⿰目非廣雅〔一八〕離也婓婓婓往來皃⿱非邑聚名在河東聞喜縣膹睢多渚〔一九〕○機居希切說文主發〔二〇〕謂之機一曰織具也會也俗〔二一〕作⿰扌幾非是文二十六鐖鉤逆鋩淮南子無鐖之鉤不可以得魚刉⿱幾皿氣斷也刲也鄭康成曰刲羽牲曰刉或作鐖氣亦書作氣禨祥也通作僟⿱幾黽說文鬼俗也淮南傳吳人鬼越人⿱幾黽⿰月幾說文

〔二二〕戍

〔二四〕[illegible]

〔二六〕稀

〔二七〕曰

頰肉也幾⿱𢆶几說文微也殆也从𢆶从戍〔二二〕戍兵守也𢆶而兵守者危古作⿱𢆶几僟深練於事曰僟譏說文誹也一曰譴也嘰說文小食也一曰唏也紂為象箸而箕子嘰饑饑⿰飠乞說文穀不熟為饑古作⿰飠乞⿺走幾說文走也璣說文珠不圜也磯博雅磧也一曰感激孟子是不可磯也鞿馬絡頭一曰韁在口蘄鄿沛郡有蘄縣或作鄿𥶄竹也〔二三〕蘻菹蘻艸名磑䃶石耭耕也○歸帰居韋切說文女嫁也籀省一曰還也又州名亦姓文五騩山名山海經大騩山在滎陽密〔二五〕縣一曰馬〔二四〕色蘬艸名博雅〔二七〕葵也⿰亻歸往也使也○希𢁐香依切寡也望也施也亦姓古作𢁐文二十六稀說文疏也徐鍇〔二六〕从禾爻巾爻者稀疏之義巾象禾之根莖通作希俙依俙

〔二八〕眄

〔三〇〕郗

〔三一〕菲

猶言髣髴也一曰訟也面相是心相非　睎　說文望〔二八〕也海岱之間謂眄曰睎　欷唏　說文歔也一曰歔欷懼皃或从口　悕　願也悲也春秋傳在招丘悕矣　⿺走希⿺走豈⿺走幾　走皃或从夷从幾　晞　說文乾也一曰明之始升　烯　火色　⿰希頁　⿰希頁頭頭動皃　莃　艸名　說文兔葵也一曰〔二九〕以葵而小葉狀如藜有毛汋啖之滑　桸　木名汁可食一曰勺也　鵗⿰希隹　爾雅雉北方曰鵗或从隹　豨狶　豬也方言南楚謂之豨或从犬　浠　水名　⿰虫希　蟲名　⿰口火　欲食也　⿱雨覞　雨止皃　〔三〇〕郗　骨節間　⿰女希　女字　○暉　吁韋切說文光也日之光文二十七　煇輝煒　說文光也火之光或作輝煒　揮⿰扌翬〔三一〕　說文奮也一曰竭也或作⿰扌翬　⿰氵翬　振去水也通作揮　⿰軍攴⿰翬殳　博雅⿰軍攴⿰忄畫乘刺也或从殳　楎椲

〔三二〕簃揚

〔三三〕郄

〔三四〕雒

〔三五〕「是」

〔三六〕麢

〔三八〕㐆

楲也爾雅杙在牆者謂之楎或作椲　鶤　雞三尺曰鶤　徽⿰⿱山糸攵〔三二〕　說文衺幅也一曰三糾繩也美也古作𢿢〔三三〕　徽⿸㫃軍　說文幟也以絳徽帛著於背引春秋傳揚徽者公徒或作⿸㫃軍通作徽　褘　說文蔽郗也引周禮王后之服褘衣一曰婦人邪〔三四〕交落帶繫於體者　幃　說文囊也　翬　說文大飛也一曰伊雒而南雉五采皆備曰翬引詩如翬斯飛或書作翚　⿰犭軍　山海經獄法山有獸狀如犬而人面〔三五〕是善投見人則〔三七〕笑其名山⿰犭軍　⿰馬軍　〔三六〕山海經太行山有獸狀如麢四角馬尾而有距名曰⿰馬軍　徽鰴　爾雅魚有力者徽或作鰴　闈　爾雅宮中門謂之闈　緷　大束也　⿰牛軍　牛名　⿰女軍　女字　○衣　於希切說文依也上曰衣下曰裳世〔三八〕本胡曹作衣衣隱也亦姓文十五　依　說文倚也一曰祿也　㐆　說文歸也从反身徐鍇曰古人所謂反身脩道故曰歸　⿰阝衣

〔三九〕天　〔四〇〕椑　〔四二〕褻　〔四三〕壘　〔四五〕媿　〔四六〕濰

說文酒泉〔三九〕天陖阪也漢有大陖縣 陭 陭氏縣名在上〔四〇〕黨 㛦 說文女字也 ⿱依心 依譩噫 哀痛聲或作依依譩噫 ⿰木衣 揮㭹木名可爲箭笴一曰箭筩 禕 美也 扆 爾雅牖户閒謂之扆郭璞讀 郼 國名呂氏春秋湯立爲天子商不變肆親郼如夏 ⿰氵衣 水名 ○ 威⿱由巳⿱由又畏 於非切說文姑也引漢律婦告威姑一曰有威可畏謂〔四二〕之威古作⿱由巳⿱由又畏亦姓文十一 葳 葳蕤〔四一〕艸〔四三〕木盛皃 楲 說文楲窬褻器一曰通陂竇 隇 博雅隇陝險也 嵔 嵔壘山名 媁 美皃 蝛 蛜蝛蟲〔四四〕一曰鼠負 鰄 魚名 ○ 沂〔四五〕 魚衣切說文水出東海費東西入泗一曰沂水出泰山蓋青州浸文九〔四六〕 浯听 浯嗞婉皃或省 ⿰豈幾 危也近也 磑 䃬石 凒皚溰 博雅凒凒霜雪也或从白从水 隑 曲岸

〔四七〕淺　〔四八〕阢　〔五〇〕崒　〔五二〕祈　〔五三〕佳　〔五四〕逮

皃 ○ 巍嵬 語韋切說文高也或省文九 騩 馬黑色〔四七〕 阢〔四八〕 石山戴土 犩⿰牜巍 牛名犪也如牛而大肉數千〔五〇〕斤或作⿰牜巍 儡 心勞苦皃 魏〔四九〕 獨立皃莊子魏然而〔五一〕已 㕒 爾雅崒者厜㕒 ○ 祈⿰示斤〔五二〕 渠希切說文求福也或作⿰示斤文三十九 頎 說文頭佳〔五三〕皃一曰長皃 旂 說文旗有衆鈴以令衆〔五四〕也一曰交龍爲旂 畿圻⿰土幾 說文天子千里地以遠近言之則言畿也一曰限也或作圻⿰土幾 埼碕崎隑 曲岸也或从石从山亦作隑 岓 山旁石〔五五〕曰岓 𩴾魕 鬼俗或从幾 ⿰豈幾 說文幾也訖事之樂 ⿰齒幾 齒危也 幾 近也一曰器之沂鄂 ⿰肉幾 頰肉謂之⿰肉幾 刉 摩也汔也一曰封也或書作⿰气刀 俟 万俟虜姓 蚚 蟲名說文强也蓋蠅類 獬⿰犬斤 爾雅犬生一子⿰犬斤

【五六】蚑　【五七】俎　【五八】⿱幾皿　【六〇】雀　【六一】蔑　【六二】束　韋　【六三】⿰韋束　⿰韋東　【六四】單　【六六】褱　【六七】芀　【六八】[illegible]

蟣蚑【五六】蟲名水蛭也入人肉者或作蚑　璣珠不圓　肵敬也鄭康成曰盛心舌之俎【五七】　穖　嘰小食也或从口　磯感激也　蘄縣名　鐖大鐮【五八】　⿱幾皿　禨說文以血有所刏涂祭也或作機　僟說文精謹也引明堂月令數【五九】將僟終　鬿山海經北號山有鳥白首鼠足名曰鬿雀【六〇】一曰星名　芹　⿱艹沂水艸或作⿱艹沂　⿺走幾走也　○韋　蔑【六一】于非切說文相背也从舛口聲獸皮之韋可以束【六二】枉戾相違背故借以爲皮韋亦姓古作蔑文二十一　⿰韋束【六三】　⿰韋東說文束也徐鍇曰束之象木華實之相累也或从束　⿰韋攴說文戾也　違說文離也　幃囊【六四】也一曰罩帳　闈說文宮中之門　囗說文回也象回帀之形　圍說文守也　⿰衤圍說文穜【六五】衣皃引爾雅【六六】⿰衤圍⿰衤圍襀襀或書作圜　葦艸名爾雅葦醜刀【六七】謝嶠讀　[illegible]【六八】

【六九】說　【七〇】蘢　古　【七一】臞　【七二】扱　【一】𩵋　【二】郤　【三】⿰月魚

說文衺也　鍏臿也方言宋魏之間謂之鍏　湋說文回也一曰水名　潿說文不流濁也　⿰口韋呼聲　媁說【六九】文不悅皃　褘邪交落帶繫於體謂之褘通作幃　椲木名　⿷匚韋器也　○蘬　⿱艹楑區韋切說文薺實也一曰籠【七〇】古之大者作⿱艹楑文四　⿱歸見注目視　巋山皃【七二】　○頄琴威切權【七一】骨也文一　○脢莊歸切夾脊肉文一　○⿰扌幾丘衣切投【七二】取也文一　九○魚𩵋【一】牛居切說文水蟲也象形魚尾與燕尾相似亦姓古作𩵋文二十二　⿱魚魚說文二魚也　⿰氵⿱魚魚　漁　⿰⿸虍魚攴　魰說文捕魚也篆省或作⿰⿸虍魚攴魰　齬齒前一郤【二】　⿰金御　鋙鉏⿰金御機具也一曰釜屬或从吾　⿰目魚　⿰馬魚　⿰月魚　⿰目吾馬二目白曰⿰月魚【三】或作⿰馬魚⿰月魚⿰目吾　吾

〔一七〕璵

〔一八〕古　車　今　後

〔一九〕⿱艹居

〔二二〕渠

〔二四〕封

椐木名說文樻也　裾說文衣袌也一曰衣後裾　琚璵〔一七〕說文瓊琚引詩報之以瓊

琚或作璵　崌山名北江所出或書作崌　車輿輪揔稱釋名〔一八〕今者聲如居所以居人也古曰

車聲近舍車舍也韋昭曰從漢始有居音　涺渥⿰氵凥說文水也或从屋从凥　⿱艹居蒩〔一九〕苕

艸名　鶋鶢鶋鳥名通作居　腒說文北方謂鳥腊曰腒引傳曰堯如腊舜如腒　倨

傲也春秋傳直而不倨徐邈讀　郘國名　蜛⿰魚居蜛蠩〔二〇〕蟲名一頭尾有數條左有腳狀如蠶可食

或从魚　婮女字　⿰禾居蜀人謂黍曰穅⿰禾居　○渠求於切說文水所居也一曰渠渠勤也一

曰州名亦姓　⿰白豦博雅將⿰白豦帥〔二一〕也通作渠　漮槺宋魏之間謂杷爲漮〔二二〕挐或

作槺通作渠　豦說文鬭相〔二三〕丮不解也或从豕豕虍之鬭不相捨引司馬相如說豦封〔二四〕豕之屬

〔二五〕⿱渠䖵

〔二七〕⿰車豦

〔二八〕緣

一曰虎兩足舉　⿰豸渠⿰馬豦⿰豸渠獸名　⿰渠鳥⿰豦鳥⿰豦隹鳥名說文雝⿰渠鳥也飛則鳴行則搖或作⿰豦鳥⿰豦隹通

作渠　⿰月渠臄鳥腊或作臄　⿱巨䖵蟝⿱渠䖵蟲名說文蚷蟝也朝暮死豬好啖之或作蟝〔二五〕

通作渠　⿰亻渠吳人呼彼稱通作渠　蕖芙蕖荷揔名通作渠　⿺辶蕖蘧說文蘧麥也亦

姓或作遽　⿱艹豦說文菜也似蘇　籧說文籧篨粗竹席也一曰〔二六〕籧篨疾不能俯通作⿱⺮豦　⿱⺮豦

牛筐　⿰木豦博雅⿰木豦栫籬〔二六〕也　⿰車豦博雅⿰木豦〔二七〕輮輞也　⿰糸渠⿰糸豦博雅履其緣謂之無緣〔二八〕一曰緣名或

作⿰糸渠　鐻金銀器名　璩⿰王渠⿱渠玉環屬戎夷貫耳或作⿰王渠⿱渠玉通作鐻　磲⿰石豦博雅

硨磲石之次玉或省　醵⿰酉巨合錢飲酒或从巨　⿰阝豦階也　⿰豦阝⿰巨阝聚名或从巨　⿺走豦

犯也一曰小跳　⿱穴豦空也　巨未央也通作腒　⿰衤虛繫也　裾衣後曰裾　懅怯也　琚

〔三二〕曰

〔三三〕智　〔三四〕覓　〔三五〕捉　〔三五〕具

〔三六〕爲

〔三八〕閭　〔三九〕𩚵

〔四〇〕夂　〔四一〕壚　〔四二〕鵙雎

佩玉秬黍屬蚷商蚷蟲名北燕〔三二〕謂之馬蚿氍氉氍毹氈也或作氍澽廣雅

名〔三三〕乾也⿰麥豦〔三四〕麥小者⿰麥豦莡闕人名北齊有宋莡媟媟女字或省⿰犭豦犬狙惡也○

胥新於切說文蟹醢也鄭康成曰青州之蟹胥一曰助也相也皆也待也文十九〔三五〕疋說文足也

諝㥠博雅智〔三四〕也或从心〔三三〕通作胥湑露〔三六〕也揟捉〔三四〕說文取水沮也武威有揟次縣或作

捉楈說文木也似栟櫚皮可以索一曰犂也稰禾子落皃⿱竹胥竹名一曰箕屬

萛姓也糈糧〔三七〕也⿰魚胥說文魚〔三八〕也蝑蟲名說文蜙蝑也〔三九〕偦疏也通作揟輯

相和集也莊子民孰敢不輯娶商娶媒也⿰犭胥猨屬𩚵〔三九〕泲酒具○疽千余切說

文〔四〇〕癰也文二十八胆蛆⿰虫虘說文蠅乳肉〔四一〕也或从虫亦作⿰虫虘鴡雎〔四二〕鳥名說文

〔四三〕猿

〔四四〕藉也　〔四五〕蓋　〔四六〕雎

〔四七〕石

〔四九〕⿸厂虘　〔五〇〕覗

〔五一〕以

〔五三〕兔

王鴡也其爲鳥摯而有別或从隹狙猨〔四三〕屬趄且跙說文趑趄也或作且跙苴

苞〔四四〕蒩苴麻之有子者蒩蒩蓋〔四五〕艸名沮止也一曰水名在北在楚通作雎〔四六〕⿰氵虘水名在北地入馮翊

洛水岨砠⿰石宜說文不〔四七〕戴土也引詩陟彼岨矣或作砠⿰石宜麆鹿子曰麆坥說文益州部謂

蝡場曰坥⿰且阝〔四八〕鄉名在右扶風⿸厂虘〔四九〕此也覰⿰目見〔五〇〕相伺視也或作⿰目見組邑名在海中伹

廣雅鈍也一曰拙也笡竹名怚姡也○苴子余切說文履中艸一曰包也亦姓文十四

蒩說文茅藉也引禮封諸侯以土蒩白茅且說文薦也从几足有二橫一其下地也一

曰此也語辭〔五一〕也⿰且阝說文右扶風鄠鄉蛆蝍蛆蟲名沮〔五二〕水名說文出漢中房陵東入江砠

爾雅土戴石爲砠狙猿屬租包也罝說文兔〔五三〕罟也揟揟次縣名在武威郡一曰

〔五四〕祥

〔五五〕蔬　疏

〔五六〕梀

〔五七〕疏　踈

〔五九〕襹

取魚也　㾊說文人相依㾊也　頣頷也　𧦧詠也　○徐詳〔五四〕余切說文安行也又州

名亦姓文十三　俆邪說文緩也亦姓或作邪通作徐　伹說文拙也　蒩蒩蓋菜名似韭

郐地名郲下邑　豠說文豕屬　𦍩羜郊羊也皮可冒鼓擊之益急或作羜　余

余吾水名在朔方　鉏闕人名春秋傳有西鉏吾　蒣艸名　䡅車軨也　○蔬〔五五〕

山於切凡艸菜可食者通名爲蔬郭璞說通作䟽文二十　梳梀楝〔五六〕說文理髮也或作梀楝

疋說文足也上象腓腸下从止弟子職曰問疋何止一曰記也　𤴓𤕟䟽〔五七〕踈說

文通也一曰遠也或作𤕟䟽踈亦姓　斯析也詩斧以斯之　𤕟說文門戶疏窻也通作䟽

練綌〔五八〕屬後漢襹〔五九〕衡著練巾　綖繼也　釃籭䉤也或作籭　蘇木名詩山有扶蘇徐

〔六一〕箸

〔六二〕勑

〔六三〕瑹　荼

〔六四〕鳧

〔六五〕人

〔六六〕葅

遾讀　𣬶毹毺毛席也或作毹毺　糈博雅饊也　○書〔六〇〕書商〔六一〕居切說文著也一

曰如也庶也紀庶物也或作書文二十一　舒豫說文伸也方言東〔六二〕齊之間凡展物謂之舒一曰

敘也散也或作豫舒又姓亦州名　除余四月爲除或省　紓絵悆忬說文緩也

一曰解也或作絵悆忬通作舒　郐鄉名在廬江通作舒　𦳣艸名博雅𦳣蔀魚薺也　𦾔

艸名　瑹〔六三〕荼博雅瑹珽笏也一曰美玉或省　鵨鵌雓鳥名似鳧〔六四〕或作鵌雓　筡

䈲筡竹䇃也　俆徐州地名在齊通作舒　𥳊〔六五〕竹名　○初𠩄〔六六〕楚居切說文始也从

刀衣裁衣之始唐武后作𠩄字文三　𪡏呵叱也　○菹蕰藴葅䔘蘊

苴臻魚切說文酢菜也一曰麋鹿爲菹蠚菹之稱菜肉通或作蕰藴葅䔘蘊苴文十四　蒩

【六七】几 【六八】鑊 鉏 【七〇】恒 【七一】鋤 【七二】毗 【七四】鉏

茅蒩也 鸕 齒不齊皃 沮 姓也沮誦黃帝時史館通作組苴 組 薦牲几【六七】春秋傳
司馬折俎 柤 以木爲闌也 飷 饇【六八】飷食無味 姐 嬳姐女態 ○諸 ⿰者彡
專於切說文辯也一曰衆也之也亦姓古作⿰者彡文十三 藷 艸名說文藷蔗也通作諸 ⿱艹儲
藥【六九】艸署預也 櫧 葦 楮 木名似柃葉冬不落或作葦楮 䃴 博雅礛䃴礪也可以攻玉
蠩 ⿰魚者 蝫 蜛蝫蟲名一曰蝦蟆或作⿰魚者蝫 ⿰氵諸 【七〇】水名在恒山 ⿰彳者 月行也詩曰居
月⿰彳者通作諸 ○鉏 鋤【七一】 助 牀魚切說文立薅所用也又姓或作鋤亦省文十 【七三】耡
耡 起民令相佐助也周禮以興耡利甿【七二】或省 ⿰豸且 ⿰豸助 豕屬或从助 ⿰鉏鳥 春鉏鳥名
鷺也通作鋤【七四】 駔 闕齊公子名 麆 麆䴥子也一曰關中謂小兒爲麆子取此義 ○蜍

【七五】柔 【七六】也 【七七】染 【七九】毋 【八〇】需 【八二】楬

蠩 常如切蟾蜍蟲名或从諸文六 稌 ⿱艹儲 蒤 藥艸署預也或作⿱艹儲蒤 【七五】柔 木名
似櫧 ○如 女 人余切說文从隨也一曰而世【七六】若也往也然也亦姓古作女文二十 挐
說文持也 邚 ⿰女阝 說文地名或省 ⿱艹絮 ⿱艹絮【七七】藘艸名蒨也可以染絳通作茹 蒘 薊蒘
艸名 絮 姓也漢有絮舜 茹 艸根相牽引皃亦姓 袽 絲袽也 洳 水名在南
郡 雓 鴽【七八】 鴽鳥名說文牟母【七九】也或从鳥 ⿱如鼻 獸名鼻赤毛青食虎豹【八〇】 寱 假寐 濡
安也莊子有濡濡【八一】者 ⿸疒如 病也 ⿱如木 木名 筎 刮取竹皮爲筎 侞 均也 ○豬 猪
⿰月者 張如切說文豕而三毛叢居者或从犬从肉文十 瀦 潴 水所停曰豬或作潴 櫫
博雅杙也曷【八二】櫫有所表識 藸 ⿱艹猪 茎藸艸名或作⿱艹猪 都 明都澤名在青州 椓

【八三】捈

【八七】「空」

【八八】峙

【八九】藸

【九〇】戊

木立死○攄捈抽居切博雅舒也或作稌通作摢文九摢摢摢蒲戲也亦姓或作櫖櫖櫖說文木也一曰惡木或从雩从慮箊艸名爾雅簢箊中言中空類竹也璵玉名山海經小華山其陽多璵琈○除陳如切說文殿陛也一曰去也文二十二宁爾雅門屏之間謂之宁通作著筡艸名簢筡中空苧艸名可爲繩儲說文偫也一曰副君也亦姓躇躇說文峙躇不前也或作躇滁水名一曰州名涂潴水名在堂邑或从諸篨說文籧篨也蒢艸名說文黃蒢職也葉似酸漿華小而白中心黃江東以作葅食藸艸名說文莖藸也通作著蕏蕏藷菜名葱也藷藸蒢艸名山海經景山北望少澤多藷藇或作藸蒢著太歲在戊曰著雍瘀

【九二】淩

【九三】岐

【九五】「也」

【九六】簡

【九七】藺

【九八】鬛

瘀廣雅痕瘀瘕也或从除屠休屠匈奴王號祭天以金人者䊜糧也通作儲○臚膚𪍻淩如切說文皮也一曰腹前曰臚籀省或从皮文三十一閭說文里門也引周禮五家爲比五比爲閭閭侶也二十五家相羣侶也一曰居也一曰獸名如驢一角岐蹄亦姓廬說文寄也秋冬去春夏居一曰粗屋總名又姓亦州名璷玉名櫖櫖櫨木名爾雅諸慮山櫐也郭璞曰謂似葛而麤大江東呼爲藤或作櫖櫨一曰林慮地名也無慮都凡也櫚木名博雅栟櫚椶也簡簡箸竹名藺菴藺艸名狀如艾蒿近道處處有之藘茹藘蒨艸蘆漏蘆藥艸鬛鬛也㦇憂也潤泥潤泄海水出外者通作閭爈山火曰爈驢騹獸名說文似馬長耳或从婁駼騼傳也如今遽馬或从旅蠦

〔一〇〇〕旅
〔一〇一〕擯
〔一〇二〕絮
〔一〇三〕袈
〔一〇四〕巾
〔一〇五〕潁
〔一〇六〕蕠　〔一〇七〕杷
〔一〇九〕　〔一一〇〕氣「書」

諸蠦蟲名通作慮 壚黑土 旅〔一〇〇〕陳也〔一〇一〕周禮皆旅擯 鸕鳥名爾雅鸕諸雉 蠦
臚傳也一曰上傳語告下爲蠦或作臚通作臚〔一〇二〕 壚山名 鑪矛戟受柄處 艫
船尾 ○絮袽女居切說文絜緼也一曰敝絮〔一〇三〕易需有衣〔一〇四〕袽或作袽亦書作絮文十一 帤
說文巾帤也〔一〇五〕一曰幣〔一〇四〕也方言大巾嵩嶽之南陳潁之間謂之帤巾 毠犬多毛〔一〇七〕皃 拏牽也
煩也持也 絮姓也 挐藘蕠〔一〇六〕艸名似芹可食子大如麥〔一〇八〕著人衣 「木挐」涂樑把也 茹
闕人名春秋傳有莒茹通作挐 蕠黏箸〔一〇八〕也史記蕠漆其間 蒘蕏茹艸名 ○貙
敷居切虎之大者文一 ○余予羊諸切說文余語之舒也爾雅〔一一〇〕余予皆我也亦姓文五十
𥛠說〔一〇九〕文余也 歟欤說文安氣也或〔一一〇〕書作欤 與語辭通作歟 譽稱美

〔一一一〕舁　〔一一二〕擧
〔一一三〕畫「旟」衆
〔一一四〕歲
〔一一七〕鸒
〔一一八〕獥
〔一一九〕犰　〔一二〇〕山我兔

也 伃好說文婦官也漢有倢伃伃美皃或从女 嬩說文女字也 悇樂也
懙忬懙懙行步安舒也或作忬亦書作懋 舁〔一一一〕𦦵說文共舉也或作𦦵 擧〔一一二〕說文
對舉也 趣安行也 輿軒說文車輿也一曰始〔一一三〕也衆也亦姓或作軒 艅艅艎
吳舟名通作餘 旟說文錯革畫鳥其上所以進士衆旟旟衆也引周禮〔一一四〕州里建旟 礜石藥
餘說文饒也一曰皆也亦姓 畬畭說文〔一一五〕三歲治田也引易不菑畬田或作畭亦書作〔一一六〕畬
藇香艸爾雅藒車芞藇 澳說文水也 璵璠璵魯之寶〔一一七〕玉或書作璺 鸒說文
馬行徐而疾引詩〔一一八〕駟牡鸒鸒 䴁郊羊大者〔一一九〕曰𧷤麌 𤞤獸名一曰猗𤞤犬子 狳
犰〔一二〇〕狳獸名山海經餘峩山有獸狀如兔而鳥喙鴟目蛇尾見人則眠 鵌鵌鴾鳥名山海經翼望之

【二一】焉　【二二】算

【二三】方燕

【二四】官

【二五】執　【二六】從

【二七】印

【二八】作　【二九】揚

山有鳥爲【二一】三首六尾而善笑或書作鵌 籅算【二二】博雅篆也或作【二三】算 鸒 鸒斯鳥名 雓 雞雛也爾雅雞大者蜀蜀子雛 蜍 蟲名鼅鼄也芳言北芳朝鮮洌水之間【二四】謂之蝳蜍 鱮 鱑鱮魚名 邪 緩也詩其虛其邪 荼 茅莠周宮有掌荼徐邈讀【二六】 芧 木名橡也莊子狙公賦芧【二五】【二七】李軌讀 ⿰口與 嘘⿰口與引重者歌 除 四月爲除 轝 徙轝也 蜼 獸名 邛鼻長尾【二八】零陵南康人呼曰蜼 硢 石名 ⿰羊余 野羊 ⿰衤與 衣才【二九】舉兒 揶 胥揶殘餘也

集韻卷之一

集韻平聲一　一

集韻平聲一　一

楝亭藏本丙戌九月重刻于揚州使院